東欧の想像力エクストラ 1

私の人生の本

アレクサンダル・ヘモン 著
秋草俊一郎 訳

The Book of My Lives

Aleksandar Hemon
Shunichiro Akikusa trans.

松籟社

THE BOOK OF MY LIVES

by

Aleksandar Hemon

Japanese translation rights arranged with The Marsh Agency Ltd & Aragi, Inc
through Japan UNI Agency, Inc., Tokyo

目次

私の人生の本

この胸元で永遠《とわ》に息をしている
イサベルに

私の人生の本

他者の人生

1、あれは誰？

一九六九年三月二十七日の夜、父は電気工学の上級学位取得のためソ連のレニングラードにいた。母はサラエヴォの自宅で、友人の女性たちのグループに付き添われていた。膨らんだお腹に両手をあてた母の目には涙がたまり、息づかいも荒かったが、友人たちはさほど気をもむ様子もなかった。ちょうど四歳と半年だった私は、母のまわりを衛星のようにぐるぐるまわり、手をとろうとしたり、膝にのろうとしたので、しまいにはベッドに連れて行かれて寝るように命じられた。私は命令にそむいて鍵穴（幾分フロイト的ではある）からことのなりゆきを覗いてみることにした。当たり前の話だが、私は恐れおののいた。母のお腹に赤ちゃんがいると聞かされてはいても、実際にそれがどんな感じで、なにが母に、私たちに、私に起こるのかわかってはいなかったのだ。最終的に母は、目にも明らかな、聴きとれるほどの痛みを訴えて病院に連れていかれ、私はぞっとするようなイメージを抱いたまま残されたが、ヨゼフィナおばさん《テータ》は母親は死なないし、弟か妹と一緒に戻ってくると太鼓判を押してその考えを打ち消そうとした。私は母には戻ってきてほしかった――弟も妹も欲しくなかった。私は全部いまのままがよかった――もともとのままのかたちが。私にとって、世界は調和のとれたかたちで存在していた。そう、世界とはほとんど私のことだったのだ。

だが、何事も前のままのようにはならなかった――それどころか、その後もずっと。数日後、数名の大人に連れられて（名前と顔は、年齢を重ねるにつれ記憶の底に沈んでしまった――覚えているのはただ、その中に父親はいなかったということだ――父はまだソ連にいた）、病院に母を迎えに行った。ひとつ、覚えていることがある。再会したとき、母親は私がよろこんだ半分もうれしそうではなかった。家に戻る車内で、私は母と、なんだかよくわからないくるまれた物体（大人たちは生きていると言っていた）と一緒に後部座席に座った――それが私の妹のようだった。妹だと言いわたされた物体の顔は、ひどくしわだらけで醜く、いわく言い難いしかめ面でしかない。そのうえ、その顔はまるで煤《すす》をまぶしたかのように黒かった。頬を指でなぞると、青白い線が煤の下に浮かんだ。「汚いよ」――私は大人たちに告げたが、誰も問題を認識しようとしなかった。それ以降、私の発言は聞いてもらえなくなり、私の要求はなかなか満たされなくなった。さらに、チョコレートも手にはいりづらくなった。

こうして、煤だらけの、妹だとされる人物の到着は、私の幼年時代における苦悩と孤独の季節の開始を告げるものになった。家に大勢押しよせてきて（チョコレートがお土産だったが、触らせてもらえなかった）、そいつをのぞきこんでは馬鹿げた音を出していた。私のことを気にする人間はほぼ誰もいなかった。それに対して、そいつに対する周囲の注目は頭にくるほど不当そのものだった。そいつは眠ること、泣くこと、しょっちゅうおしめを替えてもらうこと以外はなにもできなかった。ところが私は、すでに短い単語なら読むことができたし、もちろんつっかえずに話すこともでき、おもしろいことならなんでも知っていた。私はいろんな国の国旗がわかった。野生動物と家畜の区別がついた。私のかわいい写真が家中に飾ってあった。私には知識があり、知恵があり、自分が誰だかわかっていた。私は自分自身で、人間で、誰からも愛されていた。

当面のあいだ、その存在自体が私にとって苦痛だった。というのもそいつは、新しくうちにきた物体でしかなく、母のもとにたどりつくために迂回しなくてはならないもの――新しい家具や、大きな鉢植えに植わった萎れた草のような――だった。だがしばらくすると、そいつはここにずっといて、恒久的な障害になることに気がついた。自分に対する母の愛は、そいつがくる以前の水準には決して戻らない。私の新しい妹は、私の世界だったものを侵害しただけでなく、そのまさに中心に悪びれることなく自分を――自分なんてまったくなかったのに――据えたのだ。私たちの家には、私の人生には、母の人生には、来る日も来る日も、いつも、いつまでも、そいつがいた――その煤けた肌をしたいやな、いやな、いやな、いやな、いやな、私じゃないものが、他者だったのだ。

それゆえに私は、機会があり次第、その存在を抹殺しようとした。ある春の日、母はキッチンに電話をとりに行き、そいつと私の二人だけが残された。父はまだロシアにいたので、たぶん母は父と話していたのだろう。しばらくのあいだ母は視界の外にいたので、私はその小さな生き物を、表情の読みとれない顔つきを観察した――思考や個性の完全なる欠如、清々しいまでの中身のなさ、分不相応な存在感。そして私はテレビで見たように、両の親指を彼女の気道に押しつけ、首を締めはじめた。そいつは温かく柔らかで、生きていた――両手の中にその存在があった。指先にかぼそい首筋を感じた。私が痛みをあたえたので、そいつは生きようとしてもぞもぞしていた。突然、私はそんなことをすべきではないと気がついた。殺してはならない――そいつはかわいい妹で、大好きなのだから。だが、肉体は常に思考に先んじ、私は次の瞬間も力をかけたので、そいつはついに固まった母乳を嘔吐《おうと》しだした。私は妹を失うかもしれないという可能性に恐れをなした。妹の名前はクリスティナと言った。私はお兄ちゃんだ。私は妹に生きてほしかった。そうなればもっと愛することができる。だが、生命を終わらせる方法は知ってはいても、死ぬのを止める方法はわからなかった。

ひどい泣き声を聞きつけた母親が電話を切って、助けに駆けつけた。母は妹を抱えあげ、なだめると、母乳を拭きとって、大きく息を吸わせて、呼吸できるようにしてから、私に説明を要求した。たったいま発見したばかりの妹への愛情と、それにともなう罪の意識は、私の自己防衛本能をかき消しはしなかった。妹が泣きだしたので、お母さんを困らせないように口を手でふさいだだけだよと、いけしゃあしゃあと口にしたのだ。少年時代をつうじて私はいつも、両親が思っているよりも物をよく、深く知っていた――いつも両親が思っているよりも少しだけ大人びていた。この時、恥知らずにも私は、少年的無知がないまぜになった悪気のなさを主張したので、厳重注意ののち許された。しばらくのあいだは間違いなく行動を観察されていたが、以降クリスティナを殺そうとしたことはないし、妹への愛が途切れたこともない。

この妹殺し未遂は、私が外から自分を観察しうる最初の記憶だ。私に見えるのは、私と、妹だ。もう二度と世界にひとりきりでいることはないし、もう二度と世界を自分だけのものにはしない。もう二度と私の自己は、他人の存在を欠いた主権国家になることはない。もう二度とチョコレートを全部自分ひとりで食べてしまうことはない。

2、私たちは誰？

私が育った七〇年代初頭のサラエヴォで、子供たちのあいだで広く共有されていた社会通念は「ラーヤ」だった。友人がいれば、ラーヤを持つことになる。だが通例ラーヤは自分が住む町の地区や建物の棟によって決まってくる——学校がない時間はほとんど、子供は外で遊んでいた。それぞれのラーヤには世代的なヒエラルキーがあった。大《ヴェリカ》ラーヤは年かさの子供たちのもので、その責務には小《マーラ》ラーヤ——小さな子供たち——をほかのラーヤのいじめやかつあげから守ることもふくまれていた。年かさの子供たちには小ラーヤを無条件で服従させる権利もあった。そのため小ラーヤは、大ラーヤの求めに応じて——煙草、裸の女性が載った雑誌、ビール、コンドーム等の買いつけから、無慈悲なるでこぴんの練習台用に自分の頭の供出まで――常に動員を余儀なくされた（私の頭はしばしば恐ろしい悪ガキ《マッツォーラ》どもの連続砲撃を浴びるために提出させられた）。ほとんどのラーヤにはリーダー、たいていは一番腕っぷしが強い子供の名前がついていた。私たちが恐れたラーヤにはたとえば、チザのラーヤがあった。チザは有名なごろつき《ヤリヤシュ》だった。チザは軽犯罪にいろいろと手を出す年齢に達していたので、稼ぎをえるのに忙しく、私たちは普段その姿を見たことがなかった。彼の存在はほとんど神話の域で、かわりに弟のゼコがとりたててなにもせずに毎日の運営をおこなっていた。そういったわけで、私たちが一番恐れていたのはゼコだった。

　私のラーヤは弱小で、リーダーもいなかった。年長の男子はみな――残念なことに――真剣に学校に通っていた。私たちは当時住んでいた、二棟のシンメトリーな、社会主義的同一規格のビルに挟まれた遊び場で定義された。そこを私たちは「公園」と呼んでいた。近隣一帯（当時は旧鉄道駅《スタラ・スタニツァ》と呼ばれていた）の地政学において、私たちはパルカシという名前で呼ばれていた。「公園」には遊具（すべり台、ブランコ、砂場、メリーゴーランド）がそろっていただけでなく、ベンチもあった。これを私たちはサッカーのゴールとして使っていた。加えてさらに大事だったのは、植えこみに自分たちの基地《ロガ》を持っていたことだ。ここはチザのすさんだラーヤから身を隠し、両親からちょろまかしたり、ほかの、もっと弱い子供から取りあげたものを溜めこんでおける場所だった。そういったわけで「公園」は私たちの正当な領土であり、主権国家であって、よそもの――ほかのラーヤのメンバーは言うにおよばず――の侵入は許されていなかった。怪しい人物は予防的身体検査や、懲罰的攻撃の対象になった。かつて私たちは、「公園」を喫煙や飲酒、ペッティングに利用していいという誤った考えをもったティーンエイジャーの一団に対して作戦行動を起こし、見事成功を収めたことがあった。石や砂を濡らして紙で包んだものを投げつけ、むこうの一人に対して多数で攻撃をしかけた。こちらは長い棒で脚を叩き、むこうは短い腕をむなしくぶんぶん振るという寸法だ。ときおり「公園」を侵略し、その支配権をえようとするラーヤもあらわれた。私たちは戦争を戦い抜いた——額は割れ、体はあざだらけになり、みなが等しく由々しき怪我を負う危険に身をさらした。ゼコが軍団（われらが最強の怨敵）を率いて「公園」にあらわれたときだけ、彼らが私たちのブランコに乗り、私たちのすべり台ですべり、私たちの砂場で小便をし、私たちの植えこみで糞をするのを距離をおいて観察することを余儀なくされた。できたことといえば——予定は未定だが——確たる未来に先延ばしにした無慈悲な復讐劇を想像することだけだった。

　今から考えると、学校がなくて本を読んでいない時間は、自分のラーヤで集まってなにかの計画に没頭していたように思える。「公園」の主権を防衛し、幾多の戦争を遂行する以外には、誰かの家ですごしていた。漫画本やサッカーのステッカーを交換したり、連れだって近所の映画館（キノ・アレナ）に忍びこんだり、両親のクローゼットでセックスの証拠を探したり、誰かの誕生日パーティに出たりなんかした。私の忠誠心の対象は自分のラーヤへのものが第一であり、ほかの団体への所属はどれも抽象的でばかばかしいものだった。そう、私たちはみなユーゴスラヴィア人でピオネール[1]だったし、みなが社会主義を、自分の国を、そのもっとも偉大な息子であるわれらがチトー元帥を愛していた。だが、そのために戦争にいったり、殴られたりするつもりはさらさらなかった。ほかのアイデンティティ――たとえば誰かの民族とか――はまったくもって見当違いだった。お互いの民族アイデンティティに気づいてはいたが、そんなのは大人たちによる時代遅れの慣習の名残りであり、ゼコやその子分たちの圧制に対する反抗は言わずもがな、私たちの日常生活とはまったく無縁の代物だった。

ある日、自分のラーヤのほとんど全員で、アルミルの誕生日パーティに出かけた。アルミルは私より年上なこともあって、博識で、こちらがまったく知らないこともたくさん知っていた。彼がよく知っていたもののひとつに、アスベストにふくまれる爆発性の成分である「ガラス綿」（そう私たちは呼んでいた）もあり、なぜか私たちはそれを好きなだけ手に入れることができた。ある時、紙に包んだ「ガラス綿」を手榴弾のようにアルミルが投げつけてくるのを私がひょいひょいっと頭を下げてかわしたことがあったが、起こるはずの爆発はまったく起こらなかった。アルミルはもう、ロックミュージックにはまる年頃だったので、自分のパーティでビィエロ・ドゥグメを演奏した。ビィエロ・ドゥグメは長髪のむさくるしい外見やら、愚かしくも反社会的で反社会主義的な音楽やらで、当時、私たちの両親が怖気をふるっていたサラエヴォのロックバンドだった。そのほかの点では、アルミルの誕生日会の進行はいつもどおりだった。サンドイッチを食べ、ジュースを飲み、アルミルがケーキのろうそくを吹き消すところを見て、プレゼントをあげた。

自分の誕生日パーティなのでアルミルはきちんとした服装をしていた。黒とオレンジの縞模様の毛糸のセーターで、ふわふわして、一際はなやかだった――われらが社会主義ユーゴスラヴィアの衣服は地味を地でいくものだった。そのセーターは見るからにどこか別の場所のものだったので、私はそれどこのだいと訊いてみた。トルコのだよ、と彼は言った。そこで私は思わず「じゃあおまえはトルコ人ってわけだ！」と口走ってしまった。愉快なジョークのつもりだったが、だれも笑わなかった。さらに悪いことに、だれもそれをジョークととらなかった。私の言いたかったのは、外国のセーターを着ると外国人になるということで、それはどこからどう見ても本当じゃないからこそ成立するからかいだった。空振りに終わったジョークはパーティのムードをがらりと変えてしまった。まったく面食らったのは、周囲が責めるように私を見つめる中、アルミルが慰めようもないほど泣き出してしまったことだった。私は自分が言ったことのなにがまずかったのか教えてくれとまわりに聞き、まわりがなにも言わず、なにも言えないでいる中、どういうつもりのジョークだったのかを説明しようとして、自分で掘った墓穴をどんどん深くしていった。大惨事に至るまでの下り階段を一段一段説明するのはやめにしよう――まもなく、パーティはおしまいになった。みんなうちに帰された。そしてぶち壊したのは私だと、みんな知っていた。少なくとも、私は罪悪感をもってそう記憶していた。

最終的に、両親が教えてくれた――「トルコ人」とは、ボスニアのムスリム人にとって侮蔑的な、人種差別的な言葉なのだと（今でもそうだ）。（後になって、ラトコ・ムラディッチがセルビアのカメラにむかってしゃべるのを見たときに、自分がうかつにもしてしまった侮辱をいま一度思い出すことになった。ムラディッチはセルビア人勢力のスレブレニツァへの侵入について触れ、「これは、五百年におよぶトルコ人との戦争の歴史において、最新の勝利である」と述べた――ムラディッチはそこでボスニアのムスリム人八千人の殺害を監督することになる)。アルミルの誕生日パーティのあとで、「トルコ人」のような言葉は人を傷つけることを学んだ。そのうえ、周囲はみんなそんなことはとっくに知っていたようなのだ。私が言ったことは、アルミルを「他者化」することで、結果として彼はグループから排除されたように感じてしまった。グループがなんであれ、私自身はおそらく、疑いようもなくグループの一員だった。だが私のジョークは、ちがいなんてくだらないという内容ののはずだった――自分たちは同じラーヤで、数多の戦争をともにくぐりぬけてきた仲間であって、セーターは束の間の、その場限りのちがいを生むものだった。アルミルはからかってもいい。なぜなら、私たちのあいだには恒久的な、本質的なちがいなんてなかったのだから。だがちがいを指摘した瞬間、年齢にかかわらず、すでにして存在する差異のシステムに、アイデンティティのネットワークに入っていくことになる――そのすべてが煎じ詰めれば恣意的で、自分の意図とは関係がなく、自分が選択する問題ではない。誰かを「他者化」した瞬間、自分で自分を「他者化」したことになる。存在しないちがいをアルミルに愚かにも指摘したとき、私はラーヤから自分自身を追放してしまったのだ。

不幸にして成長とは、ある種の抽象概念への忠誠心を育むことでもある――国家、国民、理念。集団への献身を誓い、指導者を愛すること。差異を認識し、配慮することを教えられ、自分が本当は誰なのかを刷りこまれなくてはならない。何世代にもおよぶ死者たちと、その想像を絶する達成が自分をいまある姿にしたことを学ばなくてはならない。己の個を超えた抽象概念ベースの集団への忠誠心を定義しなくてはならない。ゆえに、ラーヤは社会的な単位として維持するのが困難であり、それ――構成員の名簿すら（いまだに）出せるほど具体的なものだった「私たち」――に対する忠誠心も、もはや真剣なものとは受けとられない。

正直なところ、自分の暴言が、その後すぐに訪れた戦争の終結と「公園」支配の黄金期の終焉と直接に関係があったと主張することはできない。ある時点までは、ほかのラーヤとのあいだに軋轢《あつれき》が生まれると、サッカーで解決していたこともあった（格別得意でもなかったのだが）。それでもまだゼコと彼のチームを負かすことはできなかった。その理由は、どれがファウルで、どれがゴールか決定する権限をむこうが握っていたからだ。私たちはそのことにあえて触れなかったので、こちらがゴールを決めても、常に取り消されるはめになった。

アルミルについては、彼はサッカーはあまりうまくなく、私が金輪際大嫌いなバンド、ビィエロ・ドゥグメにさらにのめりこんでいった。まもなく彼の人生は、女の子たちが寄ってくる時期にさしかかった。アルミルは私たちの少年じみた生活とはちがう生き方をおくりはじめ、仲間のだれよりも早く別の人間になっていった。いま、彼がどこにいて、どうなったのか私は知らない。二人はもう、「私たち」ではなくなったのだ。

3、私たちVS彼ら

一九九三年十二月、妹と両親はオンタリオ州ハミルトンに移民として到着した。最初の数か月は、両親は英語のコースをとっていた。クリスティナはタコ・ベル——ファスト「エスニック」フードの仕出し屋、妹はタコ・ヘルと呼んでいた——で働いた。両親にとっては話すことのできない言語、故郷喪失が引き起こす一般的なショック、交友を手当たり次第に温めるには極端に不向きな寒冷な気候も相まって、状況は非常に困難なものになった。両親にとって、職探しは尻込みするような大規模作戦だったが、ハミルトンは製鋼工場の街であり、仕事に飢えた移民であふれ、多くのネイティヴが第一世代のカナダ人なため、新たな同郷人に対して友好的で、支援を惜しまなかった。じきに両親は実際仕事を見つけた——父は製鋼工場、母は大きなアパートの管理人で、その入居者のほとんどは外国生まれだった。

　だが数か月もしないうちに、両親は私たちと彼らのあいだのちがいをカタログ化しはじめた——私たちはボスニア人あるいは元ユーゴスラヴィア人で、彼らは純粋なカナダ人。この差異のリストは、サワークリームのようなものまでふくむため、理論的には終わりがなかった——私たちのサワークリーム《ミレラム》は、彼らのよりクリーミーでおいしい。笑顔（彼らは笑うが、とくに意味はない）。赤ちゃん（彼らは寒さがひどくてもぐるぐる巻きにしない）。濡れた髪（彼らは髪が濡れたまま出かける——愚かにも、命にかかわる脳炎を発症する危険を冒している）。服（彼らの服は、何回か洗うとばらばらになってしまう)、などなど。もちろん、ちがいを常に気にかけていたのは両親だけではなかった。現実問題として、カナダ移住当初の両親の社会生活の大半は、同郷人と会って、こちらでちがうと感じたことを言い合い、話し合うという行為が占めていた。一度、両親の友人の話を聞く機会があったのだが、内容はまさに驚きと呼ぶにふさわしいものだった。その友人は、自分の観察から導き出した社会構造の本質的なちがいについて概説してくれたのだが、それによれば、私たちは長時間煮こんだ食べ物を好むのに対し(サルマ――ロールキャベツ――は例としてぴったりだ)、彼らは超高温の油にくぐらせるだけで、一瞬で調理を終えるのを好む。私たちの煮こみ気質は、食べることへの愛、ひいては私たちの生活への愛をも反映したものだ。それに対して、彼らはいかに生きるか本当には知らない。このことは究極的な、形而上学的な差異をしめしている――つまり、私たちには魂があり、彼らには魂がない。百歩ゆずって食品調理にもとづく分析が可能だとするにしても、彼らが好まないものには残虐行為もふくまれる一方で、私たちは恐ろしい、血なまぐさい戦争のど真ん中にいたわけだ。こういった事実は逆立ちしたところで「生活への愛」とは解釈できないが、この有能なる分析者は頭を一切悩まさなかったようだ。

時が経つにつれ、両親はちがいを強迫的に収集するのをやめた。たぶん、たんにネタが尽きてしまったのだろう。だが私はこう考えたい――年月を経て、さらなる移住とそれにつづく結婚、出産によって家族が拡張していくにつれ、両親が社会的に統合されたからだと。私たちにはいまや相当数のカナダ人ネイティヴがふくまれている(つけ加えるなら、その全員が帰化した人間だ)。いま、私たちは彼らと知り合い、結婚したものもいることもあって、私たちと彼らについて話すのは難しくなった——ちがいが明瞭なのは互いに接触がないのが前提条件であり、その意義は互いの距離に比例していた。彼らとの交流がない場合にかぎって、カナダ人を理論に落としこむことができる。なぜなら、比較の対象は理念としての、抽象概念としてのカナダ人であって、私たちの完全な対概念になるからだ。彼らは私たちではないし、私たちは彼らではない。

この、差異理論が自然発生した第一の原因は、家にいるような気持でいたいという両親の願望に根ざすものだった。ほかの人がみな家にいることからもわかるように（まさにあなたがそうなように）、家とは、本当の自分になれる場所なのだ。自分が家を失くしたと感じ、はじめからずっと家にいるカナダ人に劣等感を抱いている状況では、両親にとって絶え間ない比較こそが「私たち」と「彼ら」を修辞の上で対等におく術だったのだ。私たちは対等だ——彼らと比較可能だから。私たちにも家があった。私たちのやり方も、彼らのものと（それ以上ではなくとも）少なくとも同じくらいにはよい——サワークリームや、哲学的煮込み料理のサルマを例にとってもそうだ。彼らは私たちのジョークで笑わないし、彼らのジョークは全然おもしろくないのは言うまでもない。

だが両親の本能による自己正当化は、集団的なものにならざるをえなかった。なぜならそれこそが両親が祖国から持ちだしたものであり、そこで社会的に正当化されるための唯一の方法とは、アイデンティティを付与してくれる集団——規模の大きな（より抽象的かもしれないが）ラーヤ——に所属することだったからだ。ほかの手段（たとえば、自分を教授だとか定義したり、規定したりすること）も、両親にとっては不可能で、役にたたなかった。二人の優れたキャリアは祖国喪失の過程で消失してしまったからだ。

　おかしいのは、集団的自己正当化の必要は、多文化主義というネオリベラリズム的ファンタジーにすっぽりおさまるということだ。そんなの、数多の「他者」が共に生き、みながよろこんで受け入れあい、学びあうという夢物語以外のなにものでもない。つまり、ちがいとは所属という感覚にとって不可欠なのだ。私たちが誰であり、誰でないかわかっている限りにおいて、私たちは彼らと同じぐらいいい。多文化世界には無数の彼らがいるが、自分の文化内に留まり、ルーツに忠実である分には問題にはなりえない。文化にはヒエラルキーはない——唯一、寛容の度合いによって測られるだけだが、それこそが、奇しくも西洋的民主主義をほかのものよりも高いものにしているのだ。そして寛容のレベルが高い場所では、多様性は寿《ことほ》がれ、意識高いエスニックフードが（他者性という純粋なエキゾチシズムを添えたかたちで）試みられうるし、消費されうる（タコ・ヘルにようこそ！）。アメリカ人の感じのいい女性から、真面目にこんなことを言われたことがある。「他文化というのは本当にすてきね」——あたかも「他文化」とは、太平洋に浮かぶエデン列島かのようだ。進んだ文明社会にありがちな問題にスポイルされておらず、魂を癒すスパもたくさんある。ややこしくて面倒なことはしょっちゅうだけど、それが楽しいときもあるんですよ、と言ってやるだけのやさしさを、私は持ちあわせてはいなかった。

4、これが私

移民がおかれた状況は、自己他者化にもつながる。故郷喪失がもたらすのは過去との——かつて別の場所で存在し、行動していた自己との関係の希薄化である。つまり、その場所で自分をかたちづくっていた性質と交渉の余地がなくなってしまうのだ。移民は存在論的危機である——なぜなら、不断に変化する存在論的環境のもとで自己のありかたを交渉しなくてはならないからだ。故郷を失った人間は、ナラティヴの安定を求める——これが私の物語だ！——それは、理路を整えたノスタルジアのかたちをとってあらわれる。両親が自分たちを絶え間なく、都合よくカナダ人と比べたのも、二人が劣等感を抱き、存在が揺らいでいたからにほかならない。両親にとっては、それが自分や、耳を傾けてくれる誰かにむけて、真実の物語を語る方法だったのだ。

同時に、移住によって引き起こされる自己変容からは逃れえないという現実がある——過去に自分が誰であったにせよ、いまや私たちはここの私たち（そう、カナダだ）と、むこうの私たち（そう、ボスニアだ）に引き裂かれてしまうのだ。ここの私たちはいまだに現在の私たちを、なおボスニアに住んでいる過去の私たちと繋がったものとして見ているせいで、どうしてもむこうの私たちの視点で自分を見てしまうことになる。サラエヴォの友人関係に関する限り、彼我の差別化のための懸命な努力にもかかわらず、両親は少なくともいくらかはカナダ人であり、そのことに気づかざるをえない。両親はカナダ人になり、それでいながらボスニア人のままでもあるので、そのことがわかるのだ。

この同化の逃れえないプレッシャーは、両親が、自分たちの目に映るカナダ人のようであったなら、送れたかもしれない生活のヴィジョンと密接に結びついている。毎日毎日、両親は、（故国喪失者の言葉で）「普通の生活」と呼ばれるものを送っているカナダ人を見ているが、それは同化政策論者がどんな約束をしようとも、二人にはハナから手に入らないものなのだ。故郷に戻れば両親は普通の生活に私たちの誰よりも近い場所にいることもあり、二人は普通のカナダ人の生活を送る自分自身の姿を思い描けてしまう——両親は他者を通じてそれを経験してしまえるのだ。二人は彼らとの比較に時間と精神をついやしているのでなおさらだ。そうなると、もはや彼らは彼らであることができないのだ。

こういった問題をうまく例示する説話として、ボスニアのジョークがある。訳してしまうと幾分パンチに欠けてしまいはするが、それでもある種例外的な（そして典型的でもある）アイディアの明瞭さは保たれている。

ムヨはボスニアを去って、アメリカに、シカゴに移住した。ムヨは定期的にスリョに手紙を書き、アメリカを訪ねてくるように説得した。だがスリョは友人とカファナを放置していくのをいやがって断わりつづけた（カファナはコーヒーショップであり、バーであり、レストランであり、コーヒーや酒を消費する以外とくになにもせずに大量の時間をつぶせる場所である）。何年もかかってやっとムヨはスリョを説得した。スリョは海をわたった。ムヨは空港に巨大なキャデラックでスリョをむかえに来た。

「これはだれの車?」——スリョは訊ねた。

「もちろんぼくのさ」——ムヨは言った。

「すごい車だな」——スリョは言った——「がんばったんだな」

車に乗ってダウンタウンまでやってきた。ムヨは言った——「あの、百階建てのビルが見えるかい?」

「見えるよ」——スリョは言った。

「うん、これはぼくのビルなんだ」

「いいね」——スリョは言った。

「一階に銀行があるのが見えるかい?」

「見えるよ」

「あれはぼくの銀行だ。金がいるときはあそこに行って、好きなだけ引きだしてくるんだ。その前に停まっているロールスロイスが見えるかい?」

「見えるよ」

「あれはぼくのロールスロイスだ。銀行をたくさん持っていて、その一軒一軒の前に全部ロールスロイスが停めてあるんだ」

「おめでとう」——スリョは言った——「すばらしいね」

二人は市街地から郊外へと車を走らせた。芝生の庭つきの大きな家が建ちならび、並木道の樹もどっしりしている。ムヨは病院のように大きく、白い家を指さした。

「あの家が見えるかい？　ぼくの家だ」――ムヨは言った――「あと家の隣にある、オリンピック・サイズのプールを見てくれ。ぼくのプールだ。毎朝あそこで泳ぐんだ」

プールサイドではゴージャスな、見事な曲線美の女性が日光浴をしている。プールでは男の子と女の子が泳いでいる。

「あそこにいる女性が見えるかい？　あれはぼくの妻だ。そして、あそこにいるかわいいこどもはぼくの子だ」

「いいね」――スリョは言った――「でもあの、日焼けしたごつい若者はだれだい。きみの妻をマッサージして、首元にキスしているあいつは？」

「ええと」――ムヨは言った――「あれはぼくだ」

5、彼らは誰？

ほかにも、他者に対するネオコン的アプローチもある。私たちの中に不法に入ってこようとしないかぎり、他者がいてもいいし、許容できる。彼らがすでにここにいて、合法的な存在であるのなら、彼らはこちらの生活に適応しなくてはならないし、それがうまくいったかどうかという基準は前々から用意されたものだ。私たちと他者との距離は、私たちの価値観と彼らとの関係性で測られ、それは私たちにとっては自明なものである（しかし彼らにとっては自明ではない）。他者は常に私たちに、私たちが本当はだれなのか――私たちは彼らでなく、そうなることもない――を思い出させてくれる。なぜなら、私たちは自然と――文化的にも自由市場と民主主義を志向するようになっているからだ。彼らの中には私たちになりたいというものもいる――そうなりたくないものがいようか？――彼らが私たちの言うことを聞けるだけ賢ければ、私たちになりさえするかもしれない。そして彼らの多くは、ただただわけもなく私たちを嫌っている。

ジョージ・W・ブッシュが、二〇〇〇年一月にアイオワ大学でおこなった教員と学生にむけたスピーチで、特有の白痴的な――だが驚くほど正確な――ことばで、他者に対するネオコン的哲学を簡潔にまとめている。「私が出てきたとき、世界は危険だったし、彼らが誰かはきちんとわかっていた。私たちVS彼らで、彼らが誰かははっきりしていた。現在、「彼ら」が誰かよくわからないが、彼らがそこにいることだけはわかっている」。

二〇〇一年九月十一日に飛行機で飛びこんできたのもこの「彼ら」で、いまやどこにでもいることになった――出生証明書を偽造して、ホワイトハウスにも。ときどき、私たちは彼らを検挙して、疑わしいフライトの件でグアンタナモ湾に連れていったり、不意打ちで逮捕して強制送還したり、彼らに自分は彼らでないと無条件に誓うよう求めたりもする。そして彼らが誰であろうと、私たちは戦争に勝ち、ひとりぼっちの世界で勝ちほこるのだ。

6、あなたは何者？

ひとつ、話をしたい。私はこの話をカナダの新聞で読んだ。だが、あまりに何度も話したので、自分でつくったんじゃないかという気にときどきなる。

カナダ人の政治学の教授が、戦争中にボスニアを訪ねた。彼は旧ユーゴスラヴィアのどこかで生まれたが、子供のころ両親がカナダに移住していた。そうしたわけで、名前がはっきりと南スラヴ的だった。ボスニアで、カナダのパスポートと国際連合保護軍のパスを携行して、武装した、青いヘルメットをかぶった護衛をともなって、研究対象の戦争からばっちり守られつつあちこちまわっていた。カナダのパスポートと国際連合保護軍のパスがあれば、検問所もあらかた通過できた。だがある検問所で止められると、カナダのパスポートに南スラヴ人の名前というちぐはぐさが兵士の好奇心にひっかかってこう訊かれた。「あなた、何者だい？」訊かれた方のアドレナリンはまちがいなく高まった。相当の恐怖心もあっただろうし、混乱していたにちがいない。そこでこう言った――「私は教授だ」。検問所の愛国戦士にとって、この回答は無邪気で、子供じみているように思えたろう――彼らは職業を訊いたつもりなどまったくなかったからだ。彼を行かせたあとで、兵士たちが笑ったり、その話をしたことはまちがいない。兵士たちにとって、彼の存在は非現実的なものにちがいなかった。

検問所の民族的に目覚めた男たちにとって、人間の属性として意味が通じるためには、一定の――

実際には自明の――民族的アイデンティティを持たなければならなかった。教授のエスニシティが、彼について唯一的を射た情報だった。政治学や教育学の分野での知識の有無など、雑多に並存する、民族的他者性のシステムによって切り分けられた一部の世界では、ヒステリックで的外れも甚だしかった――だが実際のところ、世界のどの場所だろうと事態はさして変わらないのだ。その教授は「他者」との関連で自分を定義しなくてはならなかったが、そのときはいかな他者性も思い浮かばなかっただけの話だ。

彼が教授になるためにはカナダに戻らなくてはならなかった。そこで私の両親と出会うようなことがあれば、彼は「彼ら」のまさに典型的なサンプルに映ったことだろう。

7、私は何者?

戦争終結後、妹はサラエヴォに戻って、カナダのパスポートで働いた。政治アナリストという職務の性質上、外国、国内問わず多くの政治家や役人と会った。民族的に紛らわしい名前をひけらかし、ボスニア語と英語の両方をしゃべっていたこともあって、彼女のアイデンティティを特定するのは難しく、地元民と外国人の両方からよくこう訊かれた――「あなたは何者ですか?」クリスティナはタフで図々しい性格なので(生まれてきてすぐ暗殺の危機を生きのびたこともあった)、即座にこう切り返していた――「なんでそんなことを訊くの?」もちろん、彼らの質問の目的は、妹のエスニシティを知る必要があったからだ。それがわかれば、彼女が何を考えているのかわかるし、どちらの民族グループを彼女が真に代表しているのか、その本当のアジェンダがなにかを判断できるというわけだ。彼らにとって妹は人間として不適切だった（女性としてはさらに不適切だった）。教育や、自分自身について考えるための能力は、民族的に決定された思考のモードを超えたり、克服したりすることなどありえない。妹はいわば、自分のルーツにどうしようもなく絡めとられてしまったのだ。

この質問はまちがいなく、根本から人種差別的だ。文化的に敏感な外国人の中には、最初は妹に問い返されて当惑するものもいた。だがそれでも幾分の躊躇ののち質問を押しつけてきたし、地元民は躊躇なく質問をただただ押しつけてきた——妹の知識や、その存在自体が、彼女が自分の民族をはっきり言うまではわからないのだ。ついに、彼女はこう言うようになった——「私はボスニア人」。これは民族《エスニシティ》ではなく、妹の持つ二つの市民権のうちのひとつだ——この回答は、政府のデスクと高級レストランを勇んで受けもつボスニアの国際派の官僚を満足させるものではまったくなかった。

妹の経験談に啓発され、「あなたは何者？」と訊かれると、堂々とこう答えてやりたい衝動に駆られることがしょっちゅうある——「私は作家だ」。でも、そんな風に答えたことは滅多にない。ばかばかしいほどもったいぶっているし、不正確でもあるからだ——私が自分を作家だと感じるのは書いているときだけだ。だから、いろいろややこしいんだよと私は言う。そして、回答不能の問いが絡まりあったもの、他者のよせあつめでなければ、何者でもないだろうね、と付け加えもする。

言いたいのは、それを話すにはまだ早いんだよということなのだ。

サウンド・アンド・ヴィジョン

私の父は、一九八〇年代前半の数年間をザイールで過ごした。キンシャサで電気網の建設にかかわったのだ。そのあいだ母と、クリスティナと私はサラエヴォの家にいた。一九八二年の夏、父が帰ってきて、六週間の休暇にザイールに連れていってくれた。そのハイライトはサファリになるはずだった。私は十七歳で、クリスティナは私より四つ年下だった。国外に出たことはなく、その夏に経験することをあれこれ想像しては眠れない夜を過ごしたものだ。しかし、そのとき私はサッカーのワールドカップを見ていたので、トーナメントが終わる前にどこかにいくなんてことは考えられなかった。ユーゴスラヴィアがいつも通りさっさと無様に敗退してしまうと、私はイタリアに過度にのめりこんだ。出発数日前のワールドカップ決勝戦で、私が応援したイタリアは、ドイツを三―一で華麗に破ってみせたのだった。

ワールドカップが終わると、私たちはアフリカに出発した。ローマのフィウミチーノ空港で、ザイール航空のキンシャサ便に乗るつもりでまずイタリアにむかった。空港で発見したのはフライトがなんの説明もなくキャンセルされ、当分の間出ないということだった。この件には父親が全面的にあたった。父はザイール航空の代表と話し合った。荷物を取り返してくると、パスポートをイタリアの出入国管理官に見せた。近隣の街でフライトを待つことになり、混みあうシャトルに乗ってホテルにむかった。

クリスティナと私は渡航にまつわる悶着をいらいらしながら見守っていた。シャトルに乗っているあいだに見えたのは、それほど気を惹かれるものではなかった。イタリア国旗を掲げている何の変哲もないビル。サッカー代表チーム、アズーリの写真が飾られたショーウィンドー。かつてない人間万事塞翁が馬論者として、父は私たちがホテルに落ち着いたらすぐに、電車で三十分のところにあるローマに連れていくと約束した。この異国の地で、父こそがリーダーだった。父は空港のスタッフに、厳しく、拙い英語で話をした。父はシャトルを見つけ、私たちを乗せた。国際通貨のあつかいなどお手のものといった様子で、両替をすると、小さな男物の財布に入れて金を行使した。家族のために部屋を二部屋交渉している姿を、クリスティナと私は誇らしく記憶にとどめた。真っ青なシャツを着た父はひときわ背が高く、あらゆる世事をやすやすこなす男の余裕をにじませてこちらにウインクしてみせた。

ところが突如として、黒い汗染みが父のシャツに広がり、ロビーを半狂乱で歩きまわりはじめた。財布がなくなっていた。外に走りでてシャトルに置き忘れていないか見たが、シャトル自体もなくなっていた。しどろもどろの英語で、受付係に怒鳴った。たまたまロビーに入ってきた客やホテルのスタッフを手当たり次第に尋問した。父のシャツは今や汗びっしょりだった。心臓発作を起こすのではないかという気配がした。それまでロビーでルービックキューブをカチャカチャさせていた母親は、父親を落ち着かせようとした。パスポートはまだあるわ、と母親は言った。盗まれたのは現金だけだった（社会主義という約束の地からやって来た私たちは、クレジットカードを持っていなかった）。数千米ドルも――クリスティナと私はぞっとした。休暇に使うお金全部だ。

イタリアのちっぽけな町で文無しになってしまった私たちは、アフリカにサファリに行くどころか、ローマに日帰り旅行をすることもできなかった。国外旅行をすっぱりあきらめてサラエヴォに戻るという可能性が、圧倒的な現実として迫ってきた。ホテルはぐるっと塀に囲われていたが、その上から干からびた、見苦しい樹木が、行き場を失った観光客をのぞきこんでいた。父はホテルから電話をかけ、ザイールの同僚に、私たちが一文無しでイタリアのどこかの町に釘付けになっていることを告げていた。この地獄から救い出してくれないか、あるいはサラエヴォに引き返すか、ザイールに向かう手段がないかと思ってのことだった。そのやりとりで、父はキンシャサ行きの便がキャンセルされた事情を知った。それはザイール軍の元帥が急死し、独裁者のモブツがザイール航空の大陸間航空機三機をすべて接収して、取り巻きを大勢葬儀に送ったせいだった。

翌日、父親はこの不幸な旅の分析をまだ偏執狂的につづけていた――空港からホテルの受付までのあらゆる瞬間を、一歩一歩さかのぼっては、どの瞬間にずるがしこい泥棒に襲われたのかつきとめて、犯人を特定しようとした。シャツを何枚も着替えながら、やっとのことでたどり着いた結論は、窃盗は受付でおこなわれたというものだった。父は一連の出来事をすべて思い出したと言いだした。書類に記入するあいだ、財布をカウンターの上に置いていたのだが、私たちにウインクするためにふりかえった瞬間、受付の男が机の下に財布を滑りこませたのだという。そんなわけで、父はロビーに張りつき、受付係——害のなさそうなハンサムな若者——を一心不乱に監視し、へまをするのを待った。

クリスティナと私はすることがなにもなかった。イヤホンの差込口が二つあったので、ウォークマンを二人で聴くことができた。部屋でテレビを見ようとしても、映画でさえイタリア語の吹き替えだった（そのおかげで、「ボンジョルノ！」と言いながら、悪人だらけのサロンに入ってくるジョン・ウェインの貴重な姿を見ることができたのだが）。私たちは名もなき町を——万事忘れて——歩き回り、はじめて知る世界に興奮した。海が近いかのように、地中海の匂いがほのかに街に漂ってきた。角のパスタ屋にはありとあらゆるかたちのパスタがあった。トマトの赤が濃いこと。地元の市場で交わされる取引の声のかまびすしさ。社会主義国のティーンエイジャーが喉から手が出るほど欲しいものが詰まった店（ロックミュージック、ジーンズ、ジェラート）。ワールドカップの録画を見て、勝利を反芻《はんすう》するうるさい男たちでいっぱいの居酒屋（もう一度最初から決勝戦を全部見て、二点目のゴールを決めたマルコ・タルデッリが歓声を上げて喜ぶところを楽しみたかったが、クリスティナが反対した）。正午のシエスタでどこも閉まってしまうと、どこか楽しい場所に行くにちがいないと思って、日焼けした若者の一団のあとをつけてみた。すると、まったく予想もしなかったビーチにでた。町はオスティアという名前で、実際に海岸沿いにあるのがわかった。

探検から戻ってきたクリスティナと私が、吉報を伝えたくてうずうずしていると、目に飛びこんできたのは、ヒステリックな豚のように汗をかきながら、ロビーの隅っこから受付係を睨《にら》みつけている父の姿だった——自らホテル警備員の役を買ってでたのだ。休憩をいれつつ何度か監視しても、容疑者がほかの窃盗をする現場を押さえたり、なにかの証拠を集めたりすることはできなかった。父親からリーダーたるオーラは無残にも消えうせていた。私たちが塩水の発見を報告すると、母がついにルービックキューブを捨てて指揮をとった。

手はじめに、角を曲がったところにあった宝石店に一緒に行った。そこで激しい交渉ののち、お気に入りの金のネックレスを売った。そしてお金を分配した。父親は——理由は明白だが——この時はなにもとらなかった。クリスティナと私はすぐに、すでにのぞいていたミュージックストアにむかった。お金を合わせて、デビッド・ボウイの『ロウ』のカセットテープを買ったのだ。宝物をかかえて戻ってくると、母は家族みんなで夕べの散歩に出かけなくてはならないと告げた。あの晩の記憶を、今でも大切にしている——嗅覚も、聴覚《サウンド》も、視覚《ヴィジョン》もはちきれんばかりだ——まるでヴァケーションに来たかのように、ヘモン一家はリドをぶらぶらとそぞろ歩き、まるで恋人同士のように、両親は手をつなぎ、子供たちは家族の貴金属を売った金で買ったジェラートを舐めていた。大惨事に巻きこまれながらも、ヘモン一家はなんとか間に合わせの歓びにありついたのだった。

翌日、ブリュッセルに飛んで、そこで今夜のキンシャサ行きの便に乗ると父が告げた——元帥の葬儀が済み、モブツが航空機を戻したのだ。ホテルを出るとき、父は受付係に憎しみと畏敬の念が入り混じった最後の一瞥をくれたが、不思議とクリスティナと私は行くのが寂しかった。ホテルの向かいのビルでは、熱狂的なサッカー・ファン《ティフォージ》が巨大な旗を壁面に下げていたが、その青の色合いは汗染みができた父のシャツと同じで、「グラツィエ、アズーリ」と書かれていた。

ブリュッセルで一日を過ごした私たちは、豪華絢爛《けんらん》な免税店や、汚れひとつないバスルームに感嘆した。夕方、ついにアフリカ行きの飛行機に乗った。クリスティナと私は、ウォークマンに首っ引きでボウイのすばらしいアルバムを聴いていた。夕闇と日没を分ける境界線に沿って飛ぶと、一方には漆黒の闇が、もう一方には巨大な炎に包まれる地平線が見えた。オスティアで何かが私たちの中で目覚め、『ロウ』こそが私たちが経験したもの（そして訪れた変化）のサウンドトラックだった。その夜、私たちは一睡もできず、電池が切れるまでカセットをひっくり返しつづけた。キンシャサまでずっとボウイは歌っていた——「聴覚も視覚も《サウンド・アンド・ヴィジョン》／不思議に感じることがないかい？」

家族の食卓

1

若干こじらせていた思春期のころ、両親が仕事から帰ってくるのが午後三時四十五分ぐらいだったので、家族の夕食――実際には昼食《ルーチャク》と呼んでいたが――は四時だった。ラジオはいつも四時のニュースにあわせてつけっぱなしで、ありとあらゆる地球規模の環境悪化の詰め合わせ、国際的な災害、社会主義の内輪の達成を流していた。妹と私は両親から学校のことで尋問を受けることになり、黙って食事をすることは許されず、ましてや本を読んだり、テレビを見るなんてもってのほかだった。どんなに会話が盛りあがろうとも、天気予報がはじまる四時二十五分には終わらせなくてはならなかった。夕食は四時半までに終わった。私たちは皿の中のものをすべてたいらげ、母親の労に感謝しなくてはならなかった。それからめいめいが仮眠をとりに部屋に引っこみ、しばらくのちにまた一緒にコーヒーを飲んでケーキを食べた（ときに議論もした）。

妹と私は家族の食事を、両親による抑圧と受けとった。始終文句を言っていた。スープが塩っ辛すぎる。緑豆ばっかりでてくる。天気予報士は明らかに嘘をついている。ケーキがおいしくなさそう。私たちにとって理想の食卓とは、チェヴァピ（焼いた皮なしソーセージ、ボスニアのファストフード）、漫画本、やかましい音楽、テレビ、両親と天気予報の不在が同時に供されることだった。

一九八三年十月、十九歳のとき、私はユーゴスラヴィア人民軍に徴兵され、マケドニア東部の街シュティプに配属された。そこには兵舎とは別にチューインガム工場があった。私は歩兵隊に配属されたが、訓練の主たる方針といえば、食事の提供からして生活の全面的な劣化だった。食事の時間には、ターマック舗装されただだっぴろい土地にならばされ——宙を漂ってくるチューインガムの香りで空腹が沸騰してしまう——点呼をとらされ、それから隊ごとにカフェテリアに行軍する。べとべとしたトレイをレールに沿って滑らせると、薄情なキッチンのスタッフから、どうやったらもっと大きなパン切れをもらえるか、めいめいがその方法を考えていた。

選択肢はびっくりするほど限られており、最低限度品質の食事というものを私たちの頭に刻印した——つまり、こちらに選択の余地はなかった。朝食には、乾パンのほかにゆで卵一個、すえたマーガリン一パック、ときどきスモークなしのねとつく分厚いベーコン一枚（もし目端が利いてすばしこければ——私はそうではなかったが——ムスリム人からせがみとることができる）。こうした食事を、生ぬるくて甘ったるいお茶や、コンデンスミルクを溶かした液体で流しこむのだが、支給されるプラスチックのコップも、グリースを何世紀も吸いこみつづけたようなありさまだった。昼食はいつもスプーンを使わねばならなかった。一番ありふれ、広く愛されていた料理は（私は心底憎んでいたのだが）、豆をどろどろに煮詰めたスープだった——うじ虫そっくりの小さな芽が添えてある——なぜこのスープが愛されていたのかと言えば、それを飲めば目下特訓中の腹をすかせた勇士もお腹いっぱいになり、効果音つきのおならジョークの百科事典が使えたからだ。昼食とまったく同じものがでるのでなければ（一度など、緑豆を九食連続で食べたことがある）、夕食は昼食の残りをアレンジしたものだったが、プルーンをつかった便通をよくするための飲み物がはいったぬるぬるするコップが添えられていた。おたがいに話がしたくても、その時間はなかった。惨憺《さんたん》たる餌を急いで平らげると、別の腹をすかせた部隊のために即座に片づけなければならなかったからだ。兵士を従順にし、勃起させないように、臭化カリウムがすべての食物に添加されているという根強い噂があった。

そして、こういったものはまだましな食事だった。荒涼としたマケドニアの平野に散開し、大挙して流れこんできた他国軍を自らの命を盾にして堰きとめる訓練をするために兵舎を発《た》つときには、そんな食事が恋しかった。仮想の英雄的勝利の合間に、水筒から得体の知れない混合飲料をするか、携帯口糧をぱくついた——しなびたクラッカー、年代物のツナ缶、堅牢堅固なドライフルーツ。半永久的に空腹だったので、眠りにつく前には家族の夕食を思い出し、羊肉のローストや、ハムとチーズのクレープ、母手作りのほうれん草パイなんかが載った未来のメニューを念入りにこしらえたりした。こんなファンタジーを思い浮かべても、ただただ空腹になって、さらにみじめになるだけだった。

人間性を喪失させる恒常的な「かわいがり」を別にして、軍隊は一つの大きな家族であることが期待されていた——それは、忠誠心や連帯で結ばれ、なんでも分かち合う男くさいコミュニティだ。実際問題として、分かち合いなんてものはこれっぽっちもなかった。そんなものはおならの数を数えるぐらい不可能なことだった。自宅から送られてきたおいしいものがいっぱい詰まった包みを誰かにやるとか、ロッカー（鍵をかけることは禁止されていた）に食べ物をいれっぱなしにするなんてとんでもないことだった——ユーゴスラヴィア人民軍の兵舎では、略奪が将来の戦争に備えて予行演習されていたのだ。腹に詰めこみきれなかった食べ物は、清潔な靴下やシャツ、シャワーを余分に使える権利や、火災警備の日中のシフトなんかと交換した。食べ物は分かち合うものなんかじゃなく、生存のための必需品だった。敵国の軍隊に勇敢にも立ち向かう自分を想像すると、ポケットにツナ缶を入れていたせいで弾丸は背嚢《はいのう》に入れることになり、取り出すのに手間どって死ぬオチになるのがすぐに思い浮かんだ。

たったひとりだけ、よろこんで自分の食事を分けてくれた兵士が私の隊にいたが、彼は配属後まもなくハンガーストライキをおこなった。従軍したくなかったのだ。上官たちはその自己兵糧攻めを、はったりだと思って無視した。だがその兵士はすぐに衰弱していき、彼が行きつくところまで行くつもりであり、大真面目だとみなに知れわたった。だが上官たちは愚かにも、その兵士のごまかしを看破できると確信し、何日も費やした。どんなに衰弱していても、飢えた兵士を点呼とその後の食事の場にいることを求めた。それで、ほかの兵士数名が常につきそって、そいつを列に並ばせ、食堂まで引っ張ってくるよう命じられた。突然、兵士は素晴らしい同僚を大勢獲得した――どいつもこいつもそいつの食料の割り当てを無駄にはすまいと固く誓った連中だった。そいつの食事を奪おうと、つきそいの兵士たちはゆで卵やパン、豆のスープを争ってけんかした。一方で兵士は眼を閉じてほほえみ、落ちくぼんだ頬を食卓につっぷしていた。多分、彼は譫妄《せんもう》状態だったのだろう――でも、家族との夕食を夢みていたのかもしれない。数日後、どこかに行ってしまって、どうなったのかはまったくわからなかった。彼が家に帰れたことを願っている――それがどこにあるにせよ。

徴兵されて数ヶ月後、母と妹がサラエヴォから二日かけて旅をして、週末に訪ねてきてくれた。当時、私はトラック運転の訓練のためにマケドニア西部のキチェボに配属されていた。気の滅入るような予報通りの天気だったので、二日間気の滅入るようなホテルで過ごした。母は食べ物をたくさん詰めた重いかばんを持って、サラエヴォから何度も列車を乗り継いで、ごちそうを運んできてくれた。子牛のシュニッツェル、フライドチキン、ほうれん草のパイ、カスタードケーキまであった。テーブルがなかったので、母がベッドにタオルを敷き、私はタッパーから、ほとんどを手をつかって食べた。ほうれん草のパイを一口食べた途端、目に涙があふれてきて、これからはこの神聖なる家族の食事を常に尊重することを心の中で誓った。言うまでもなく、この誓いを完全に守れているわけではないのだが、ほうれん草、卵、チーズにフィーロの生地が完璧に混ざったものが口の中でとろけ、十九歳の少年が感じることのできる愛をいっぱいに感じた。

2

波乱に富んだ一世紀ほど前、私の父方の祖先は、オーストリア＝ハンガリー二重帝国の最東端地域ガリツィア（現在のウクライナ西部）を去って、ハプスブルク領に併合されたばかりのボスニアに移住した。ご先祖さまの農民は、蜂の巣箱を数箱、鉄製の鋤、故郷を去ることについての歌の数々、そして完璧なボルシチのレシピを持ってわたってきた。いまだかつてその地方では知られていなかった料理だった。

もちろん、なにかに書き記したものなんかではなかった。農民は節をつけ、口に出して覚える歌のようにして、レシピを自分の身体の中に入れて運んだのだ。子供時代の夏の日には、ボスニア北西部の田舎にある祖父母の家で過ごしたが、おばたちは早朝から集まると（ときどき実際に歌を歌っていた）、ビーツをふくむさまざまな野菜を刻む。それから祖母の監督のもとで、地獄のように暑いキッチンの、薪ストーブでぐつぐつ煮込んでいた。ヘモン家のボルシチには、そのとき庭で採れる野菜なら何でも入っていた――タマネギ、キャベツ、ピーマン、インゲン豆、ほかの豆、ジャガイモまで――加えて、少なくとも肉一種類（だがなぜか鶏肉以外）が入っていて、全部がビーツのせいでなにがなんだかわからないほど紫色になっていた。ビーツ、ディル、酢が入っていなくてはならないという不文律こそあれ、なにがボルシチに入っていなくてはならないか、正確に知っているものはどうやら家族には誰もいないようだった。歌が歌手によって変わるように、料理人次第で量や割合が変わってくる。食卓に出されたボルシチにはいつも、少なくともひとつは謎の材料が入っていたが、覚えているかぎりでは気にするヘモンは誰もいなかった（ニンジン？　カブ？　エンドウ豆？）。いろいろとヴァリエーションはあったが、まずいボルシチが出てきたことなんて一度もなかった。酢の酸味で、夏はいつもさわやかな口当たりになる。サクサクしたビーツの立方体（ビーツは最後に入れる）。どの材料とどの材料をスプーンがすくいあげたかによって、ひとくちごとに味に別の広がりが生まれる――ボルシチを食べることは、いつだって事件であり、退屈なことなんかでは決してなかった。

今でも祖母の姿が目に浮かぶ――ボルシチの料理長が、湯気が沸き立つ巨大な鍋を両手でかかえて台所から庭へとよろよろと出てくる。額から滴る汗がボルシチに落ちて、仕上げの隠し味になる。祖母が鍋を木製の長机の上に置くと、そこにはそわそわするほどお腹を空かしたヘモン族が待ちかまえている。それから、不揃いのお椀のそれぞれに、少なくとも一切れは肉が入るように、お玉でスープがすくわれる。交代で食事をとらなくてはならないほど、人数が多いこともよくあった。ある夏など、妹と私で数えてみると、四十七人も祖母のところに昼食に来ていた。そのほとんどが親戚だった。ヘモン一家では、食事を楽しめば楽しむほど、スープを音高くすするのだが、その日のボルシチはまさに交響曲を奏でたのだ。

祝祭的ではあったかもしれないが、ヘモン家の昼食は格式ばった食事というわけではなかった。仕事のちょうど折り返し点で出される昼食は、日なたで畑仕事をして、また日没まで働かなくてはならない人々に、栄養としばしの息抜きの時間をあたえた。したがって、私たちが食べるものはシンプルかつお腹にたまるものでなければならず、ボルシチはその要求を完全に満たすものだった。代々伝わるほかの家庭料理——ピエロギ／ヴァレーニキ（実際のところ、ジャガイモのラビオリ）、ステランカ（パン生地を牛乳で煮たもの、料理の名前を口にしただけで父の目に涙を誘う）——と同じようにボルシチは貧しい人々の食べ物である。それは、洗練された味覚を楽しませるためではなく、生き延びるためにデザイン（たんに適当にこしらえたものではなく、ちゃんとデザインされたものであるとすればの話だが）されたものだ。スプーンで摂取するものはすべて、私の一家が栄養の基盤をおく生き延びるための食品ピラミッドの頂点に近い場所に位置する。そしてボルシチこそ間違いなく、もっともスプーン的な料理である（スシの意義がなんなのか、ヘモン家にとっては、後代まで謎のままのこりそうだ）。ボルシチは大鍋で煮なくてはならず、大人数で食べなくてはならない。それは一度の食事に収まりきるものではない（ボルシチが足りなかった記憶はない——鍋はいつも、魔法がかかったかのように底無しだった）。それは本質的に残り物の料理であり、常に翌日、二日目のほうがおいしい。二人分だけこしらえるようなものではない。ボルシチをはさんで友人と会うなんてとんでもないし、たとえスープをすすりたいという気持ちを抑えることができたとしても、ロマンチックなキャンドルの灯りの下、デートでシェアするなんて問題外だ。それに合うワインなんてない。完璧なボルシチはユートピア的な食べ物だ。理想の上では、そこにはありとあらゆるものが入っていないといけない。集合的に生産され、消費されるものだ。無限に繰り返される冷凍と、再加熱に耐えるものでなくてはならない。完璧なボルシチとは人生のあるべき姿であると同時に、決して実現しないものである。

シカゴ生活がはじまったころの孤独な日々、ボスニアでのわが前身の愉しみをよみがえらせようと悪戦奮闘した。郷愁にかられ、完璧とは言わないまでも、おいしいボルシチを私は探し求めた。だが、ウクライナ料理の店やスーパーマーケットのエスニック・フードの棚で見つけたのは、ただのビーツの薄いスープでしかなく、混濁した記憶から家族のボルシチの再現に挑戦するはめになった。鍋一杯のボルシチを自分でつくり、一、二週間はそれで暮らしてみた。だが、悲しいほど豊かなこの国で私がこしらえたものは、記憶にある料理とは似ても似つかないものだった。謎の材料をのぞいても、いつもひとつ以上の材料を逃していたのだ。さらに重要なのは、孤独なボルシチほど哀れなものはないということだ。自分でボルシチをつくることは、家族の食事の形而上学を理解するたすけになった。弱火でも、消えない愛の炎で煮こまねばならず、永遠の絆の儀式として食べつくさねばならない。完璧なボルシチの一番大事な材料とは、腹をすかせた大家族なのだ。

カウダース事件

1、ヴォレンス―ノレンス

イシドラと友人になったのは大学のとき――一九八五年のサラエヴォ大学でだった。私たちは二人とも文学部に転部してきていた――彼女は哲学部から、私は工学部から。会ったのはマルクス主義の授業の後方の席だった。マルクス主義の教授は髪を真っ黒に染め、精神病院への通院歴があった。宇宙の中で人間がいかな状況に置かれているか、もったいつけて話すのが教授のいつものやり方だった。人間なんぞ、聖書に出てくる洪水の、藁にすがった蟻みたいなもんだ。人間はあまりに幼く、自分たちが形而上学的にいかに危機的な状況に置かれているか、理解の端緒につくことすらおぼつかんのだ。イシドラと私は涙がでるほど退屈していた。

イシドラの父親はチェスの本の著者として知られていて、有名なグランドマスターにもたくさん仲のいい友人がいた（フィッシャーやコルチノイ、ターリともつきあいがあった）。彼は世界選手権の試合をリポートして、チェスについて相当数の本を書いていた。一番有名なものは初心者向けの本だった。『チェス読本《シャフォヴスカ・チタンカ》』――私の家もふくめ、チェスを愛する家庭には欠かせない本だ。イシドラを訪ねるとたまに、父親の校正を手伝っていることがあった。チェスの棋譜の読みあわせは退屈な仕事で（Ke4 Rd5、c8=Q b7 とかなんとか）、ときにチェス・ミュージカルのように試合を歌いあげていることもあった。イシドラはチェスの観戦者のライセンスを持っていて、父親と世界中をまわってトーナメントに参加していた。帰ってくるとイシドラは、旅先で会ったさまざまな奇妙な人々の話をしてくれた。なんといっても、チェスはありとあらゆる変人を引き寄せるのだ。イシドラがロンドンで会ったロシア系移民のウラジーミルという男の話では、カンディンスキーは赤軍の将校として無名の画家を集めたワークショップを運営していたことがあり、その絵を自分のものとして剽窃《ひょうせつ》していたのだという。本当かどうかはわからない。いずれにしてもこの話がしめすのは、世界とはひどく興味深い場所であり、カンディンスキーにすら目に映る物以上のものがあるということだ。

私たちはサラエヴォに飽きていた。そうならずに済ますのは並大抵のことではなかった。私たちの夢と理想と計画は大きく（そう思っていた）、この小さな街を、しまいには世界をも変えてしまえるにちがいない。私たちはいつも、遂行不可能なプロジェクトにとりかかり、遂行できずに終わった。一度、バウハウスについての英語の本を訳そうとしたことがあった。だが、最初の段落をやってやめた。次に、ヒエロニムス・ボスについての本にとりかかった。だが、二頁目に進むことはなかった――私たちの英語力はとてもいいというわけではなく、良質な辞書も、十分な忍耐力も足りなかった。私たちはロシア未来主義と構成主義の画家についての本を読み、議論した。そして芸術の革命的可能性に惹かれた。イシドラはしょっちゅうなにかのパフォーマンスを考えだした。たとえば、夜明けにどこかにパンを百個持っていって、それで十字架をつくるみたいなやつだ。これは新時代の夜明けと詩人のフレーブニコフとなにかしら関係があった。フレーブニコフの名前の「フレーブ」は、多くのスラヴ語でパンを意味するのだ。もちろん実際にはやらなかった――夜明けに出かけるだけでハードルとしては十分だった。サラエヴォの人民劇場の階段で、イシドラはセルビアの古典叙事詩『山の花環』を下敷きにしたパフォーマンスをおこなった。彼女の友人も数名加わったが（私は参加しなかったのだけど）、彼らの心配事はパフォーマンス自体の不穏なメッセージよりも、たまたま通りすがった人間からサラエヴォ独特の脅しつけるようなヤジを浴びせられやしないかということだった。

革命のファンタジーをかなえる方策として、私たちが最終的に行きついたのは社会主義青年協会だった。そこでは場所が提供される代わりに収入を得る権利はなく、良識ある市民としての振る舞いを遵守し、社会主義的な自主管理の精神を尊重しなくてはならないと明記されていた。ほか数名の友人が参加してくれた（現在、グシャはロンドンに、ゴガはフィラデルフィアに、ブツコはサラエヴォに住んでいる）。私たちは助けあいながら、ベッドシーツに手書きしたスローガンで場所を飾りつけした。うちのひとつは「第五の次元はつくられた！」というもので、ロシア未来派宣言から拝借したものだった。アナキズムのシンボルにピースマーク（社会主義青年への譲歩）、カジミール・マレーヴィチの十字架も描いたが、いくつかは描きなおしさせられた。社会主義青年ヒッピーの濁った眼には、宗教くさく映ったからだ。私たちの作品は「ヴォレンス－ノレンス」クラブと呼ばれた。馬鹿馬鹿しいほど気どった名称だ。

私たちは気どりを憎んでいた。自己嫌悪の一種だったのだろう。オープニング・ナイトを迎えるにあたって、サラエヴォのエリート文化人を招待するかどうか激論を交わした。この手の怠惰な連中は手あたり次第にオープニングに顔を出していて、その「文化」とやらは主として、トリエステで購ったイタリア製の安物の服を身に着けることで伝わるものか、街中で禁制品を売りつけるうさんくさい輩から仕入れたものだった。ひとつのアイデアは、招待するが、有刺鉄線をそこら中にはりめぐらせておくというものだった。そうすればイタリア製の服は手もなく引き裂かれてしまうことになる。もっといいのは、オープニングをすべて真っ暗闇の中でやることにして、頭に懐中電灯をつけた野良犬を二、三匹放しておくというものだった。犬がゲストを噛みでもしたらサイコーだね、ということで意見は一致した。だが、プロジェクト全体の口実として、社会主義国家のエリートを数名招待しなくてはならない社会主義国家のヒッピーには、そんなことはできないと気がついた。結局エリートのほかに、地元のごろつきを数名招待することで落ち着いた――けんか沙汰になって、高い鼻っ柱の一本か二本から血が流れることを期待していたのだ。

残念だが、そんなことは起こらなかった。犬なし、噛みつきなし、けんかなし――オープニングには多数が来場したが、みな身なりのいい、行儀のいい人たちだった。そのあとは毎週金曜日にプログラムをおこなった。ある金曜日には、アルコール依存症と文学についてのパネル・ディスカッションをおこなった。パネリストは全員酔っていたが、一番酔っていたのは司会進行だった。別の金曜日のプログラムでは、セルビアから漫画家が二人、自作について話をし、展示をするためにやってきた。ひとりは泥酔して聴衆におびえ、トイレに閉じこもって出てこなくなってしまった。私たちがトイレのドアを開けるよう宥めすかしているあいだ、観客は待っていた。やっと漫画家は落ち着きを取り戻し、トイレの警備を放り出してステージにあがると、聴衆にむかって叫んだ――「みんな！　どうしちまったんだ？　だまされるんじゃない。クソだぞ！」――これはかなりよかった。それから、『ラーニ・ラードヴィ』という映画を上映した。これは、社会主義のバラ色らしからぬ現実を描いた六〇年代の映画運動「ブラック・ウェーブ」の作品であるがゆえ、ユーゴスラヴィアでは上映が差し止められていたものだ。サラエヴォでは一度も公開されておらず、みな見たがったので、コピーを見つけてプロジェクターを借り、ベオグラードから監督を呼んできた。監督は、ちやほやしてくれる若いファンからの招待に舞いあがっていた。映画はゴダールの影響を強く受けたものだった。若者たちが廃品置き場をぶらぶらしながら漫画や革命についてあれこれ議論し、それから消費社会の帰結である疎外の、不滅の象徴たるマネキンといちゃいちゃするという内容だ。映写技師は、ソフト・ポルノの適当《ソフト》な仕事に染まっていたせいで、リールを交換する際に順番を間違えて流してしまった。監督以外は誰も気づかなかった――その監督にしても、ほろ酔いで自分の映画がともかくもかかっていることに興奮しきっていた。ジョン・ケージの演奏会も催した。これは、サラエヴォでは最初の（そしておそらくは最後の）ものだった。私たちがかけたレコードには、キーキーうるさいラジオ十二台を同時に鳴らす曲が入っていた。そしてあの悪名高い「四分三十三秒」も――そのあいだ、自分たちがふと漏らす、偶然の音楽を創造する時間を聴衆に提供することを意図してレコードには静寂が刻まれているのだ。しかし聴衆（そのときは閑なエリートが多数だった）は「四分三十三秒」がちゃんとかかっているることに気づかず、自分たちが奏でている音楽なんて毛ほども気にかけないで、ただただ飲んだくれていた。それからパフォーマーが――家族の休暇をふいにしてサラエヴォに来たせいで、結婚生活の危機に瀕していた――マイクの前に歩み出た。聴衆のうち二、三人は、毛深い男がオレンジとバナナをマイクの前で食べているのにちらっと眼をやったが、まさにこれぞジョン・ケージ作曲の「オレンジとバナナ」――出席者のほとんど誰も知らなかったのだが――を題名通り演っているところだったのだ。

エリートを苛《いら》つかせられないのは苛つくことだったので、レコードをかけるだけの夜でも、達成目標は苦痛を与えることになった。DJのグシャは、フランク・ザッパ、不協和音で叫ぶオノ・ヨーコ、曲にチェーンソーとか電動ドリルを好んで使うドイツのいかしたバンド、アインシュテュルツェンデ・ノイバウテンなんかをかけた。エリートは数は減りこそしたが、意気阻喪しなかった――私たちの側でも、精神的苦痛をこれでもかと味あわせたかったのでいてほしかった。プログラムのコンセプトは社会主義国のヒッピーにはあまりうまくはまらなかった。

クラブ「ヴォレンスーノレンス」（ラテン語で「否応なしに」の意味）の終焉は、平たく言えば「芸術観の不一致」と呼ばれるものが原因だった——メンバーの中にはあまりに妥協が過ぎると感じていたものもいたのだ。ブルジョワ的凡庸（社会主義ヴァージョン）という危険な坂道への転落は、懐中電灯をつけた野良犬をあきらめた時点で明らかに始まっていたのだ。すべてに幕を引く前に、クロージング・ナイトに野良犬を用意しようか——今度は狂犬を——と検討した。だがクラブ「ヴォレンスーノレンス」は、猛り狂った咆哮どころか、キャンキャン鳴きながら退場とあいなった。

終焉のあと、私たちは何をするにもアンニュイな状態に沈んだ。私は自己憐憫《れんびん》の詩をせっせと書き、最終的におぞましい詩が千編ほども溜まった——詩の主題は退屈と無意味のあいだを行ったり来たりし、死と自殺の幻覚的なイメージの味つけをほどこしたものだった。社会主義国でぬくぬく育った若者の多くがそうであるように、私はニヒリストで、実家住まいだった。アンソロジーに収録されることが自分の唯一の希望だと悟った私は、「見当ちがいの詩のアンソロジー」を編めないかとまで考えはじめた。イシドラはこころよく手伝ってくれようとしたが、周囲はあたり一面、見当ちがいの詩の世界といった風情だったにもかかわらず、なにも生まれなかった。することがなにもなくなってしまった——そのための方策を早くも使い果たしてしまったのだ。

2、誕生日パーティ

イシドラの二十歳の誕生日が近づいてきた。彼女は「カナッペ—酒—だれかとトイレの中でファック」式のは望んでいなかった（普通のも気がすすまなかったが）。イシドラはアート・パフォーマンスのかたちでやろうとした。「フーリエ的乱痴気騒ぎ」（このアイデアを私は気に入っていた）にするか、ナチ式カクテル・パーティにするか、イシドラは決めかねていた。後者は、社会主義ユーゴスラヴィアで愛国的だとされた映画で、そのテンプレートを見ることができる——ドイツ人はみな高慢で、退廃的な悪党として描かれ、毛羽立ちひとつない制服に身を包み、一九四三年かそれぐらいに豪華なパーティを開いている。その国の娼婦と「裏切り者」たちは、ドイツ人のぴかぴかのロングブーツを舐めているが、例外は苦心惨憺の末潜入してきた共産主義者のスパイの若者で、映画の結末で落とし前をつけることになっている。不幸にして、乱痴気騒ぎはナチ式パーティに敗北した。

誕生日パーティは一九八六年の十二月十三日だった。若い男は黒シャツを着用し、髪にオイルを塗った。若い女はほぼガウンと言ってもいいようなドレスを着た。例外は共産主義者の少女としてキャスティングされた私の妹で（当時まだ十代だった）、共産主義者っぽいガーリーなドレスを着ていた。パーティはドイツによる占領が始まった直後の四〇年代前半を想定していた。映画で見たデカダンスのしるしは全部拾い、あとは擬ニヒリスト的な気まぐれが少々という感じだった。カナッペにはマヨネーズでスワスティカが描いてあった。壁には「我らは男根を信ずる《イン・コック・ウィー・トラスト》」という標語が貼ってあった。儀式として、ニーチェの『この人を見よ』をトイレで燃やした。妹は共産主義者の若者として、仮設刑務所ということにされた部屋に拘禁された。グシャと私はムチを奪いあった。ヴェバ（いまはモントリオールに住んでいる）と私は、ストライキで死んだ労働者についての、美しくも悲しい共産党の歌を歌った。どのパーティでもそうしていたのだ。ウクライナのナチ協力者の役だった私は、ロングブーツをはいて、コップでウオッカをあおっていた。キッチンでは（パーティで私をつかまえようと思ったら、キッチンを見てみることだ）、いまだに根強いチトー信仰と、それにまつわる国家的儀式の廃止について議論した。デモを組織するというアイデアに夢中になった。ショーウィンドーを粉々にしたら楽しいだろうね――私は口走っていた――見苦しいのもあるし、ガラスの破片が好きなんだ。キッチンには初対面のパーティの参加者も何人かいて、じっとこちらの話を聞いていた。翌朝目覚めると、飲みすぎたあとには付き物の恥の意識があった。これは、通例クエン酸と睡眠を大量に摂取することで緩和される。だが、そのときの恥の意識は当分のあいだ消えなかったのである。実際のところ、いまでもつきまとっているのだ。

翌週、私は国家安全局から電話で丁重に招かれた――決して断れない類の招待だ。十三時間ぶっつづけで尋問を受け、その過程でパーティの参加者全員が国家安全局の暖かいオフィスをすでに訪問済みか、これから訪問予定だと知れた。細部をいちいち言いたてて退屈させたくはない――言えるのはただ、「良い警官、悪い警官」のルーティンは文化を超えたクリーシェだということ、どちらの警官にも万事筒抜けだったということ（キッチンではみんな、こちらの話をよく聞いてくれたよなあ）、ナチ式カクテル・パーティという形式は、大きな、非常に大きな問題になったということだ。私は愚かにも、あれは本当にただのパフォーマンスで、最悪でも質《たち》の悪い冗談だと弁明可能で、キッチンで口走ったデモのファンタジーを撤回できたなら、全員の手首をぴしゃりとやる程度でお目こぼししてくれ、両親にお尻を叩くように命じて、家に――生温くもニヒリスティックな居所に帰してくれるのではと思っていた。「良い」警官の方は、ユーゴスラヴィアの若者のあいだで台頭するファシズムについて、こちらの意見を求めてきた。先方がなにを言っているのかさっぱりわからなかったが、そのような傾向は心より遺憾であると伝えた。あまり納得していないようだった。私はインフルエンザにかかっていたので、頻繁にトイレに行った――内側に鍵はなく、窓には鉄格子があった――私が手首を切ったり、便器に頭を打ちつけたりしないよう、良い警官が外で待っていた。鏡に映った自分の顔を見て（鏡を叩き割って自分ののどをかっ切ることもできたのだが）、考えた――「この間抜けな、にきび面を、焦点の合わない目を見ろよ――ナチどころか、危険人物だとも思えないだろ」。最終的に私たちは全員帰された――その手首は打たれて腫れあがっていた。母は実家に帰っていて不在だった。父はエチオピアに出張中だった（「きみの父親はエチオピアに派遣しておいたよ」――悪い警官は言った――「本件について感謝してくれるかな？」）。国家安全局に拘留されていた件は自分の胸にしまっておくことにした――これでなにもかも終わりだと考えて。

だが、全然終わりなんかではなかった。数週間後、ベオグラードの日刊紙『ポリティカ』（この新聞はスロボダン・ミロシェヴィッチ政権のナショナリスティックな、ヒステリックな声になろうとしていた）のサラエヴォ特派員のもとに、サラエヴォのある有力者の家で開かれた誕生日パーティの内容を記した匿名の手紙が届いたのだ。いわく、パーティではナチのシンボルが陳列され、われわれの社会が奉じるものをすべて踏みにじって、歴史の最暗部に属する価値観が称揚されていた。うわさはゴシップの世界首都たるサラエヴォ中に広まりだし、だれがパーティの場にいて、だれの家でおこなわれたのかの推測が飛び交った。ベオグラードが吹く笛に合わせて踊ることも多いボスニア共産党の権威筋は、党の非公開の集会に出席していたメンバーに秘密裏に情報を流した（うちのひとりが母親だった）。名指しこそしなかったものの、敏腕の国家安全局のおかげで判明した数々のディテールを交えてパーティでの出来事が報告された。母親は私がパーティに行くとき借り物のロングブーツをはいていたことを思い出してほとんど卒倒しそうになった（めんどうなので理由を説明していなかった）。そして自分の子供が二人ともその場にいたことを悟った。ひどく動揺して帰ってきた母親に、その場で倒れるんじゃないかと案じつつも、あったことを洗いざらい全部話した。母の髪が年齢の割に早く白くなってしまったのは、私の軽率な行動によるところが大きいのではないか――そう思うと胸が痛い。

すぐにサラエヴォ中の報道機関に良識ある市民――中にはほとんど国家安全局の非常勤職員のような連中も混じっていた――からの手紙が殺到しはじめた。その多くが異口同音に、サラエヴォでナチの集会に関わった人間の名前を怒れる大衆に公表するよう求めるものだった。いわく、社会主義国家の肉体に生じた癌細胞の芽は、即座に、容赦なく処置せねばならない。従順なる大衆の圧力に押されて、「ナチ・ナインティーン」の名前は一九八七年一月にめでたく公開の運びとなった。テレビとラジオ放送で名前が読み上げられ、前夜の放送を逃した人のために翌日の新聞にはリストが掲載された。自主的に集会を開いた市民からは、厳罰を求める声が多々寄せられた。自主的に集会を開いた大学生は――なかには「ヴォレンスーノレンス」クラブの退廃的なパフォーマンスを覚えているものもいた――「われら若者はいかに行動すべきか」系の問題提起と、その回答としての厳罰要求を結論とした。自主的に集会を開いた人民解放戦争の退役兵は、私たちの家庭では労働はなんの価値もなかったにちがいないという固い信念を表明し、やはり厳罰を要求した。近所の人びとは顔をそむけ、無視して通り過ぎるようになった。同じクラスの学生は、私が出席しているからという理由で英語の授業をボイコットし、教員は教室の隅で静かに涙を流していた。友人たちは両親からこちらに会うのを禁じられた。出来事全体が小説を読んでいるような感じがした。その登場人物のひとり――軽率な、ニヒリスティックな愚か者――には自分の名前がついているのだ。彼の人生と、自分の人生は交差していた――実際には劇的なまでに重なっていた。ある時点から、私は自分が本当に存在しているのか疑いだした。もし私の現実が、誰かが書いたフィクションだったら？　もし、世界の本当の姿を見ていないのが私だけだとしたら？　もし私が、自分自身の認識のどん詰まりなのだとしたら？　もし自分がただの馬鹿者だとしたら？

イシドラのアパートは家宅捜査され、書類はすべて国家安全局に没収され、家族とともにベオグラードに行って二度と戻らなかった。残されたうち数名で現実をともに分けあった。ゴガは盲腸を摘出して入院していたが、看護婦に後ろ指を指されていた。グシャとヴェバと私は前よりも仲良くなった。私たちは無駄な期待を抱いて自主的な集会にも参加してみることもあった——出席することでなんらかのリアリティを感じてもらえないか——あれは品の悪いパフォーマンス／冗談だったと釈明できないか——あるいはとどのつまり、個人のパーティで誰がなにをしようが知ったことじゃない、という。そういった集会で、愛国者と社会主義的な価値観の信者は、同じ「良い警官、悪い警官」ゲームで返した。共産党の集会で、私は大学と衝突した。私は党員だったことは一度もないし、これからもないが、ティホミル（この名前は「静かな平和」という意味だ）という男が「悪い警官」だった。この男は「おまえは祖父の骨に唾を吐いたんだ！」と面と向かってこちらに叫ぶと、私がこんなのは全部馬鹿げていると口を開くたびにずっとぶつくさ文句を言っていたので、党の書記の、感じのいい若い女性が何度も静かにさせようとしたが、うまくいかなかった。

しかし党は、もはや私たちの行動を監視していた。あるいは、そう伝えられた。私たちの様子を見に、党の地方委員会から男が派遣されてきたのだ。「用心することだ」——若者を咎《とが》める年長者ぶった声音で男は言った——「きみのことを細心の注意を払って監視しているぞ」。たちまちにして、私はカフカが理解できるようになった（このわずか数年後、自宅で父親が販売していた蜂蜜を買いに、同じ男が訪ねてくるようになった。男は誕生日パーティにまつわる出来事についてはなにも——「そんな時もあった」と一言漏らした以外には——語らなかった。男は私に、自分の十歳の娘が作家になりたがっていると言って、娘が書いた詩を見せてきた（財布の中に入れて自慢げに持ち歩いていたのだ)。詩は私には遺書の第一稿のように見えた。その最初の行はこうだった――「生きていたくない。だれも愛してくれないから」。娘は恥ずかしがり屋で詩を見せてくれないいんだよ。落としたことがあって――まるでうっかりでもしたかのように――それで見つけたんだ。へモン家の蜂蜜が入ったバケツをかかえて遠ざかっていく男の姿を覚えている。彼の娘がまだ生きていることを願っている)。

結局、スキャンダルはしりすぼみになった。一方で、騒動の大きさは物事の真の重要性と反比例することに気がついた人々も多かった。ボスニア共産党の連中は、若者が神聖なる社会主義的価値観に疑問を投げかけるような事態があれば、かならずやその芽を摘むという事実を見せつけるために、私たちをスケープゴートにしたのだ。他方で、より大きな、はるかに深刻なスキャンダルが、不運にも共産党政権を悩ませることになった。数か月のあいだ、国営企業アグロコメルツが倒産するという噂が流れて鎮めることができなかった。その社長は、党中央委員会の大物連中とツーカーの仲であり、架空の手形、あるいはその社会主義ヴァージョンをもとに自分のミニ帝国を築き上げていた。そして非民主的な共産党支配や擬似宗教的チトー崇拝に異を唱えるようなことを考えたり、言ったりしたかどで逮捕されたり、公然と批判されたりする人間もでた。私たちとはちがって、こうした人々は自分が何を言っているかわかっていた。彼らには深謀遠慮があった。彼らは確たる知的、政治的な立場から発言していた。彼らの行動原理は思春期後期の混乱した感情とはカテゴリーからして異なっていた。あとになってやっとわかったのは、自分たちこそが懐中電灯をつけた野良犬だったということだ。――保健所が処理をしたあとで、みなの記憶に残ったのは放置された犬の糞だけだった。

その後長いあいだ、誕生日パーティはファシストの集まりだったといまだに信じている人々に出会った。彼らは私たちをギロチンに送る準備はいつでもできていた。当然ながら、私は自分の関与について、常に情報を自発的に提供したわけではなかった。予備役に召集されていたとき、サラエヴォ近郊の山の頂上で、大自然の中、酔った予備兵たちとキャンプファイヤーを囲んで暖をとったことがあったが、彼らはみな、誕生日パーティの出席者は少なくともこっぴどく殴られるべきだと思っていた。私は全力で同意した——実際はそれどころか、私は奴らは吊るされるべきだと主張し、さらには自分の主張にひどく興奮していたのだ。そんな奴らは長いあいだ苦しませてやるべきだと私は言い、軍にいた私の遠い親類連中も血に飢えた表情でうなずいていた。私はその瞬間、別の誰かになっていた。私は敵の中にごく短いあいだ住みついた——それは、恐ろしくもあり、解放的でもある感覚だった。そのことに乾杯しようじゃないか——予備兵たちは言いだし、そして私たちはそうしたのだ。

この世の現実への疑念は、長いあいだ私を苛《さいな》みつづけた。いまはベオグラードに住むイシドラが最終的に、正真正銘、筋金入りのファシストになってしまったことも何の解決にもならなかった。九〇年代のベオグラードは、猛毒のファシズムの温床だった。そして彼女はそこにいたのだ。イシドラは伝統あるセルビアのファシズムを祝う公開パフォーマンスをおこなった。戦時中、クロアチア及びボスニアで活動した「白い鷹」という義勇兵―虐殺者―レイピスト集団のリーダーのひとりと、彼女は付き合うようになった。のちに、彼女は『戦争犯罪人のフィアンセ』という回想記を書くことになる。私たちの友情は長らく途絶えてしまっていたが、私は過去に起こったことについて自問せずにはいられなかった――たぶん、あのファシスト・パーティは、私が知らなかったイシドラのファシスト的な部分によって仕組まれたものだったのではないか。たぶん、「見当ちがいの詩」の底なしの可能性に目が眩んでいた私には、彼女が見ていたものが見えていなかったのだろう。たぶん、私は彼女のチェス・ミュージカルのポーンだったのだろう。たぶん、私の人生はニューメキシコ州かどこかのスーパーマーケットの冷凍食品売り場に現れた聖母マリアのようなものだったのだろう――信者には見えるが、それ以外にとってはナンセンスだ。

3、アルフォンス・カウダースの生涯と作品

一九八七年、誕生日パーティの騒動が冷めやらぬ中、私はサラエヴォのラジオ局で働きだした。街の若者にむけた番組が担当だった。『若者番組《オムラディンスキ・プログラム》』というタイトルで、実際スタッフはみな非常に若く、ラジオの経験が非常に少ないか、まったくないかだった。最初に受けた春の面接はラジオ局パーティの雑音がまだ響いていたせいで落ちたが、もごもごした、明らかに非ラジオ的な声にもかかわらず、秋には採用してもらえた。番組はラジオ局上層部から、ある程度の表現の幅をあたえられていた。政治的変革期だったせいもあるが、私たちのような若くて無名の人間は、必要ならまだ失敗することもできたからだ。私は文化的な催しについてレポートし、ときどき政府の無能やその他ばかばかしいことについて怒りをこめた文章を書いては、放送で読みあげた。じきに、偉そうな映画評や書

評を制作する部署に移った。そういった評を疑問を挟ませない（そして根拠のない）見識をこめた口調で読むのだ。

当初よりずっと、私はごく短い小説《フィクション》を書いていた。ある時から私は頼んで、週に三、四分をもらうと、友人のゾカとネヴェン（いまブルノとロンドンにそれぞれ住んでいる）の大人気番組でその短編を放送するようになった。その時間は「サーシャ・ヘモン《サーシャ・ヘモン・テルズ・ユー・トゥルー・アンド・アントゥルー・ストーリーズ》があなたに語る真実と非真実の物語」(SHTYTUS) というタイトルだった。小説の中には家族を困らせるものもあった（すでに誕生日パーティのやらかしで十分すぎるほど困っていたのだが）。私はウクライナ人の従兄弟についての一連の物語を書いていたのだが、その話だと、たとえば、従兄弟がいろいろあって四肢をすべて失くして悲惨な生活を送っていると、サーカスで仕事をもらって、夜な夜な舞台でゾウにボールのように転がされるみたいなものもあったからだ。

そのころ、「アルフォンス・カウダースの生涯と作品」という短編を書きあげた。出版してもらうのは難しいことはわかりきっていた――チトーを馬鹿にしているし、高尚なおふざけと低俗なセックスがでてくるし、ヒトラーやゲッベルスのような人物もからんでくる。そのうえ、当時のユーゴスラヴィアの文芸誌の大半は、あれこれの国民文学の発掘に忙しかった。そうして再発見された作家の詩や散文は見当ちがいの文学のアンソロジーならどれでもすんなり収録できそうだったが、こうした連中は後にせっせと戦争を煽るようになった。そこで私は短編を七つに分け、三分間の「SHTYTUS」に収まるようにし、それからそれぞれに前口上を書いた――どれも、私は歴史家でアルフォンス・カウダースは歴史上の人物で、自分の調査研究の対象だと、専門知識に裏打ちされた口調で断言する内容だった。前口上のひとつは、カウダース関連の資料を漁っていたソ連の文書館から、私が帰ってきたことを伝える内容だった。別の前口上では、ゲストとして招かれていた国際ポルノグラフィ党（この党は、偉大なアルフォンス・カウダースの教えにもとづいた綱領を掲げている）の大会が開催されていたイタリアから、私がたったいま帰ったことを報告していた。前口上には架空のリスナーの手紙を読みあげるものもあった。私が歴史家にふさわしい勇気をしめしたとほめそやし、ラジオ局の局長に就任するよう勧める内容だ。ほとんどいつも、私は自分がしていることなんて誰も知らないような気でいた。放送枠を気前よくくれた友人と、別の局にチャンネルを変え忘れた人間を別にして誰も「SHTYTUS」を聞いていなかったし、全体があまりに短かったからだ（ある回など二十七秒しかなく、「SHTYTUS」のジングルより短かった）。良い警官も悪い警官もあえて刺激するつもりはまったくなかったので、気にしなかった。

七編すべてが放送されたあとで、全体をまとめて録音し、私のもごもごした声（ボスニア放送史上燦然《さんぜん》と輝く最悪の声だと友人たちの回顧の対象になっている）で読みあげて、多少のオーディオ・エフェクトをつけた。ヒトラーやスターリンのスピーチ、従順なる大衆のシュプレヒコール、共産主義者の戦闘歌「リリー・マルレーン」、二十世紀用の毒々しい音響効果。その全体を二十七分間休みなしのぶっつづけで（ラジオ的な自殺のひとつのかたちでもある）、ゾカとネヴェンのショーの中で放送した。私自身も、まだ歴史家のふりをしてゲストとしてスタジオに招かれていた。友人たちにはどんなことがあっても笑わないようにきつく言っておいた（相当に愉快な話だろうという懸念があった）。二人はリスナーからの手紙を読みあげた。すべて私が書いたもので、何通かではあの忌まわしいパーティのせいで熟知するようになった怒りの話法と精神を模倣していた。ある手紙には、神聖なる記憶を汚す私と私のような人間は縛り首にしろとあった。別の手紙には、労働の価値を教えてくれる馬にもっと敬意を払えとあった（アルフォンス・カウダースは馬を嫌っていた）。さらに別の手紙は、オーストリア＝ハンガリー帝国の大公を暗殺したガヴリロ・プリンツィプの描かれ方に問題があるとしていた。プリンツィプはサラエヴォ通りの角で帝位継承者を待っているあいだ、パンツに失禁なんて絶対にしなかったと断言していた。

　それから私たちはリスナーに電話回線を開いた。私は、（a）誰もカウダース・シリーズなんてまともに聞いちゃいない（b）おふざけだと思うか（c）本当だと信じている人間がいるとして、そんなのは薬中か、頓馬か、耄碌《もうろく》した老人ぐらいで、史実とファンタジーとラジオ番組の境目がどうしようもなくぼやけてしまっている人間しかいないと思っていた。そうしたわけで、私は質問や難題に対する特段の備えもなかったし、嘘や真偽の疑わしい事実をこれ以上どうこうするつもりもなかった。しかし、電話は火がついたように鳴りだした。一時間かそこらの生放送中ずっと。大多数の人びとは私のカウダースの話を受けいれたうえで、意表を突いた質問や考察を投げかけてきたのだ。外科医が電話をかけてきて、自分で自分の盲腸を摘出することは不可能だと主張した（私がカウダースがそうしたと言ったのだ）。別の電話をかけてきた男の話では、自分の手元に『林学百科事典』（カウダースについて様々な記述があることになっていた）があるが、彼のことなど一行もでてこない。私は一瞬たりとも笑わずに、いつ化けの皮が剝がれるんじゃないかとひやひやしつつも、歴史家の役に徹して、もっともらしい回答をでっちあげた。私の演技は完全に見え見えだったので、マスクの裏側にいる本当の、滑稽な自分を聴衆が見つめているんじゃないかと終始やきもきしていた（役者というのはそういうものなのではと思うが）。良い警官か悪い警官が（十中八九悪い警官だ）電話をかけてきて、直ちに国家安全局の本部にもう一度出頭せよと言われるのではないかという恐怖を、頭から振りはらうのにも苦労した。

だが、感じた不安の中でもとりわけ奇妙だったのは、誰かが電話をかけてきて、こう言いだすんじゃないかというものだ——「嘘つき！　カウダースのことをなにもわかっちゃいない！　自分の方がずっとよく知っている。こっちが本当の話だ！」その瞬間、カウダースは現実になった——私にとって彼こそが防音ガラスの中に顕現した聖母マリアだった。そしてガラスのむこう側には無関心な音響技師と、過度の興奮の電流が走って色めきたつ数名の人間がいた。これぞまさしく、空想が現実を引き裂いて凌駕した心躍る瞬間であり、フランケンシュタイン博士の手術台から身を起こした死体が、生みの親の首に手をかけたあの瞬間に酷似していた。

数か月のあいだ、それどころか数年ものあいだ、呼びとめられて、「カウダースは本当にいたのか？」と訊かれつづけた。はいと答えたときもあれば、いいえと答えたときもあった。だが実際のところ、本当に知る術などなかった——あの束の間よぎった瞬間にカウダースはたしかに実在したが、スイスにある粒子加速器内の原子以下のサイズの粒子にも似て、物理的に記録可能なほど長くは存在しなかったのだ。カウダースが存在したのはほんの一瞬のことだったので、蜃気楼だったのか、集団妄想が臨界点に達した結果現れたのか判断できなかった。たぶん彼は、私がその邪悪なオーラを取り返しのつかないほど被曝してしまっていることを伝えるために姿を現したのではなかったか。

いまカウダース氏がどこにいるのかはわからない。たぶん彼は、事実とフィクションの、真実と非真実の糸を陰で操っているのかもしれない。私が愚かにも自分で想像し、考案したと信じている物語を書かせているのかもしれない。たぶんいつの日か、ＡＫ（彼は手紙にそう署名するのを好んだ）と署名された手紙を受けとるのだろう――馬鹿げたおふざけは終わり、つけを払うときが来たと告げる手紙が。

一九九一年二月、サラエヴォの雑誌『ナシ・ダーニ』（われらが日々）の編集者になると、二十七の歳になってもまだ、恥ずかしくも住んでいた両親の家を即座に出た。やはり同じ雑誌で仕事をはじめたダヴォルとペジャという友人二人と一緒に、地元のコヴァチ地区にスリー・ベッドルームのアパートを借りた。私はフルタイムの仕事をもち、自活していた——若者がいつまでも両親といっしょに住み、半永久的に非正規雇用にある哀しき社会主義国家では、これは確固とした、大人の達成と言えた。

私のつつましい職歴はラジオで、ごく短い、拙いフィクションのほかに、映画や、文学、馬鹿らしいこと全般について自説を執筆した経験があった。それで『ナシ・ダーニ』の文化面を編集するにあたって、四十八頁の雑誌のうち十三頁を文化面（内容はとにかく）にあてることを交渉のすえに勝ちとった。上の世代の記者のことを、愚かにもお気楽な共産主義に毒された連中だと内心思っていた私は、二十七歳より上の人間が書いたものを自分の頁に掲載することを断乎拒否した。おかげで、まだ他社のベテランを容れていた編集部のほかのメンバーと頻繁に争う火種になった。私は見開き二頁の風刺的な欄に、ぴりりとした短評と、「サラエヴォ共和国《レプブリカ》」というコラム――自分では「好戦的なまでに都会的」だと思っていた――も書いていた。若いこと、ラディカルであることで常時ハイになっていた私は、自分で自分に勝ちとったファックユーな空間に酔いしれていたのだ。

編集部の残りもラジオ出身で、部員のあいだでは旧態依然とした社会主義体制だけでなく、凶暴なナショナリズム政治活動への侮蔑も共有されていた――当時後者は、ユーゴスラヴィア共産党の惨めな残党の解体にいそしんでいた。私たちの雇い主は自由党で、以前のシステムでは社会主義青年同盟と呼ばれていたものが前身になっていた（自由党の文化政策の要綱をお金をもらって書いたことがある）。前の編集部がまるごと首になったあとで（理由はよく覚えていないが）、私たちは雇われたのだ。私は、雇い主がラディカルな断裂を求めたからと考えるようにしていた――『ナシ・ダーニ』は四十年の歴史を持つ刊行物であり、社会主義青年なるものを規定すると思われるものへの従順をもって旨としていたのだ。

即効力のあるパンチが効いた隔週雑誌の作り方を、私たちは急いで学ばなくてはならなかった。何ということか、すぐにチャンスがやってきた。私たちが最初に刊行した号のうちのひとつは、ベオグラードで起こっていた反ミロシェヴィッチのデモにかなりの頁を割いていた（そして支持していた）のだが、最終的にミロシェヴィッチはデモをユーゴスラヴィア人民軍の戦車で叩き潰したのだ。最初に軍によって流されたのは、二人の若い学生の血だった。そして、流血は止まらないと私たちは知っていた。春になると、戦争はクロアチアでたけなわになっていた。残虐行為の報告が入りはじめた。斬首された死体の写真や、セルビアの民兵組織のリーダーのヴォイスラヴ・シェシェリ（現在、ハーグで公判中）のインタヴューを掲載した。この男は、クロアチア人の目玉を錆びたスプーンでくりぬいてやると言い放ったことで有名だ。普通のスプーンでは物足りなかったのだろう。

しかし、戦争の勃発時にはまだ、こういったおぞましい出来事はあくまでも例外という扱いだった。わずかな腐ったミカンがやったのだと思うこともできた。というのも、ユーゴスラヴィア、つまりセルビア、クロアチアの権威筋が事態はすぐに元通りになるとはっきり告げていたからだ。だが、すぐに私たちがすっぱ抜いたのは、軍のトラックが、セルビア人が多数派を占めるボスニアの地区に武器（荷は「バナナ」と記載されていた）を輸送していることだった。私たちは日増しに好戦的になるボスニア議会を取材し、ラドヴァン・カラジッチ（現在ハーグで裁判を受けている）の記者会見に出席した。私の元指導教授に付き添われたカラジッチは、暴力と戦争の脅しをかろうじてオブラートに包みながら、ショベルのような拳でテーブルをどんどん叩いていた。

事態について知れば知るほど、知りたいという気持ちは失せていった。構造的に私たちの生活とは、みなが「平常」としてしがみついているものをいかにルーティン化して継続していくかにかかっている。ゆえに、自分は普通の生活を送ろうとしているだけだと思いこむことで、結果として快楽主義的な忘却の追求に入れこんでいったのだ。毎晩のようにパーティーをし、酒を飲んだ。明け方までつづくこともしょっちゅうだった。踊りまくりもした。実際私は、迫りくる大惨事を止めたければ、もっと踊ることがみなの喫緊の課題だという社説（グシャが書いた）を、文化面に掲載したりもした。

私が『ナシ・ダーニ』で働いて稼いだお金の大半は、はなから統計的に勝ち目がないように仕組まれていたせいもあって、スロットマシンに吸いこまれてしまった――ギャンブルにはある種強い忘却の作用があるのだ。否認のより愉快な手段は、手もなく酔っぱらって、ヴィンセント・ミネリの『恋の手ほどき』を見ることだった――ときにこう叫びながら――「ジジ、私は愚か者なのか／それとも本当に目が見えなくなってしまったのか……」。ペジャと私はときに午後から酩酊して、ディーン・マーティン（国際的な快楽主義運動の偉大なリーダーだった）と声をそろえて呻《うな》っていたものだ。ある気持ちのいい春の土曜日を庭で、ラム肉を串焼きにして食べ、上物のハシシを吸って過ごしたこともあった（内務大臣が麻薬の取引を管理していたので、ほかの様々な麻薬と同じく広くでまわるようになっていた）。ハシシのせいでむやみに腹がすいた私たちは、ガツガツとラム肉と煙をむさぼった挙句ハイになりすぎ、大量の肉の重りを胃に積みこんでなければ、遠い戦争のない世界まで風船のように飛んでいってしまったことだろう。

あの、懐かしき幸福な日々――すべてが崩れ去る前、成すことすべて、生き永らえるための忘却を誘った日々！　実際、私たちはすべてやったのだ。ひたすらコーヒーと煙草をきめて、一晩中徹夜で雑誌の校正とレイアウトをした。ポルノグラフィに淫し、詩を書いた。サッカー関連についてあれこれ熱をこめて議論したり、「百万ドイツマルクで馬とやれるか?」とか「グランドマスターのアナトリー・カルポフは超高速モーターボートを持っているのか?」みたいな問いがきっかけのとりとめのない、躁的な論争に加わったりした。

そして、乱交の快楽が蔓延《はびこ》っていた。視線を二、三度交わすだけで——ときに彼氏、彼女のいる前でのこともあった——性交の合図にはこと足りた。「つきあう」という制度全体が無期限に停止されたかのようだった。ベッドインするためにうろうろしなくてもよくなった。実際、ベッドなんていらなかったのだ。廊下、公園のベンチ、車の後部座席、バスタブ、床なんかは申し分なかった。私たちは『タイタニック』的セックスに耽った。沈みゆく船内では、安らぎもいらなければ、関係を深めるための時間もいらなかった。まさにグレート・ファッキング・タイム、ディザスター・ユーフォリアの儚《はかな》い時代だった——たちあらわれた大変動よりも、快楽を高め、罪の意識を吹き飛ばしてしまうものなんて何もない。人類史上、まさにこの瞬間が恵んでくれたすばらしい機会を、ひとはみな十分に利用できていないのではないか。

夏至の頃には、ヒステリーによる忘却という不安定な状態を維持するのは困難になっていた。サラエヴォの薬物取引についての情報源として使っていたあるディーラーは、クロアチアに一時帰郷中に無理やり徴兵されてしまい、どうしたわけか塹壕《ざんごう》から電話をかけてきて、興奮したメッセージを残していった——「こっちでは想像もつかないことが起こっているぞ!」。背景には銃声が聞こえた。彼は前線でつながる番号を残していかなかった。だが、もしそうしていたとしても、掛けなおしたかどうかはわからない。それからペジャがクロアチアでの前線にリポーターとして派遣されたが、クロアチア軍に逮捕され、拷問されるはめになった。交渉ののち解放され、ペジャはすっかりぼろぼろになって、老けこんで私たちのところに戻ってきた。眠れなくなってアパートのまわりを夜な夜な徘徊するペジャの眼はどんよりし、脳はディーン・マーティンに反応せず、痣《あざ》は紫から薄黄に変わっていた。焦《じ》れた私はとうとう彼を座らせると、テープレコーダーを顔に押しつけて、クロアチアの戦闘地域でなにがあったのか話させた。クロアチアの義勇兵ですし詰めのバスに愚かにも乗りこんでしまった。結果、リンチされる。拘留、そしていわゆる尋問。屈辱的な、「良い警官、悪い警官」の馬鹿げたルーティン（良い警官の方はペット・ショップ・ボーイズに似ていたそうだ）。睾丸は締めあげられ、腎臓を殴打された。口に突っこまれた銃口の味……などなど。話が終わったとき、私はレコーダーのスイッチを切り、録音の終わった九十九分のテープを渡して、こう言った――「片づけて、次に行こう」。当時、自分は賢かったと思う。

だが、行くところなどどこにもなかった。七月、私は編集部を辞め、ウクライナに数週間滞在したが、ちょうど八月クーデター、ソヴィエト連邦崩壊、つづくウクライナ独立の時だった。九月の初旬にサラエヴォに戻ってみると、雑誌はなくなっていた。借りておくだけの金がなかったので、ペジャとダヴォルはコヴァチの部屋から荷物を全部引き払い、それぞれの実家に戻っていた。街からは空気が抜け、ユーフォリアは萎みきっていた。ある晩、よくたむろしていたオリンピック博物館のカフェに行った。そこにいたのは、虚空をどんよりした眼で見つめる人々だった――めったに言葉を交わすこともなく、限界まで薬をきめたものもいれば、自然に麻痺しているものもいたが、みながいまや否定できなくなったものに怯えていた——すべて終わったという。戦争はとっくに到来していた。いま、誰が生き延び、誰が殺され、誰が死ぬのかを、みなが息を殺してうかがっていた。

両親はサラエヴォから二十マイルのところのヤホリナという山に小屋を持っていた。ヤホリナはスキー・リゾートで、十代のころにはクリスティナと私はまるまる一か月の冬休みのあいだ、スキーとパーティーをしてそこで過ごした。両親は週末だけやってきて、食料を届け、洗濯をし、住宅の被害を査定した。冬のあいだ、山はスキーヤーや観光客、友人たちで一杯だったが、夏はほとんど人影もまばらだった。週末は、ほかの山小屋のオーナー——両親のような——が、都会の喧騒を逃れて木材をいじくりまわすためにやってきていた。クリスティナと私は、サラエヴォが地獄ならヤホリナは天国だという両親の主張にもかかわらず、夏は山に行くのを避けた。私たちにしてみれば両親不在の街の大釜で、たらたら煮られている方が大分ましだったのだ。

だが一九八〇年代のあるときを境に、私は夏にも山に行くようになった。私は自分の小さなフィチョ（フィアット500のユーゴスラヴィア製のレプリカ）に本と音楽を詰めこみ、ヤホリナに向かうと、一回の滞在で一月《ひとつき》はすごした。私は二十代の半ばで、まだ両親と同居していた。私個人の独立とプライヴァシーに関する問題は別にしても、そのせいで読書への集中を維持するのがかなり難しくなっていた――私の両親は頻繁に家庭内行事への参加を求めたり、手のかかる雑用をあれこれ考えだしたりしたのだ。反対にヤホリナの山小屋では、私は自分の時間を完全に掌握できたので、修道士のように一日八時間から十時間の読書で自分を律した。私がこの僧院生活から抜け出すのは、食料とコーヒーのほかに、運動を欲する愚かしい肉体の求めに応じるときのみだった。そこで薪を割ったり、ときにさらに山の上方に長めのハイキングに出かけたりした――樹木限界線を超え、荒涼とした、不毛なる景色が広がる方へと――尾根から一望するボスニアの眺めは心に迫ってくるものがあった。他人を避けて、数マイル離れたところにぽつんと一軒あるスーパーマーケットに徒歩で向かうのは、煙草とワインが切れたときだけだった。

山に移るとなると、数週間かけてリーディング・リストをこしらえるのだった。ル・カレのスマイリーもの（長年、夏になると読み返していた）から旧約聖書の起源についての学術的な著作まで。現代アメリカ文学の短編アンソロジーからコルト・マルテーゼの漫画本まで。十時間ぶっつづけで読書をすることには、ある種独特の効用があった。極度の集中で一種の高揚感に包まれると、一日平均四百頁読めるようになった。頭の中で本が膨れあがって広大かつ錯綜した空間になり、食事しているときも、ハイキングしているときも、眠っているときも、片時もはなれなくなる――私はその中に住んでいたのだ。『戦争と平和』を読んでいた一週間ずっと、ボルコンスキーとナターシャが夢に登場していた。
二十代を通じて、私は不安と憂鬱に沈みがちだった——私にとって二十代は、内面生活の損耗であり、思考と言語の枯渇だった。山に行くのは、精神の再充填、言語装置、思考機械の再起動のためだった。だが私の隠遁生活は両親を心配がらせ、友人たちは私が正気を失いかけているんじゃないかと疑った。夜になると、聞こえてくる音といえば、うろつく牛の鳴き声とベルの音、風と枝が屋根にこすれる音ぐらいだった。浮足立った鳥たちに早起きを命じられた私は、目を開くとすぐに本を読みはじめた。修行僧のように削ぎ落された生活を私は楽しんだ。読書、食事、ハイキング、睡眠。自ら課した規律は、私が山に持ちこんだ痛みを、ともかくも和らげてくれた。

最後に本を読むためヤホリナに行ったのは一九九一年の九月末だった。一九九一年の夏を私はウクライナで過ごし、ソヴィエト連邦の崩壊とウクライナの独立を目撃していた。ひと夏のうちに、クロアチアで起こった戦火は、事件から虐殺へ、小競り合いからユーゴスラヴィア人民軍によるヴコヴァルの街の完膚なきまでの破壊へと急速に進展していった。八月の終わりにサラエヴォに戻ってみると、戦争は人々の心にすでに巣くっていた。恐怖、混乱、薬物が支配していたのだ。私は金欠で、ペジャから計画中のポルノ雑誌で下働きしないかという誘いを受けた——いわく、迫りくる災厄から気を紛らわせるために、みなその手の物を貪り読むにちがいない。私は断った。どうせ戦争で殺されるのなら、セックスについてのろくでもない文章（ほかにもいろいろあるにせよ）を絶筆にしたくなかったのだ。私は車いっぱいに本を詰めこむと、戦争が一切合切すべてを死と忘却に引き渡すまえにできうるかぎり読み、書くために山小屋に向かった。

私はヤホリナに十二月いっぱい滞在した。私の修道士的山小屋生活はいまや、思考を保全するためのごく原始的な手段になっていた。一度戦争が心の中に入りこんでしまえば——そう私は恐れたのだが——焼き尽くされ、奪い尽くされてしまうだろう。私は『魔の山』とカフカの書簡集を読んだ。私は狂気と、死と、気まぐれな言葉あそびを山ほど盛った文章を書いた。私はマイルス・デイヴィスを聴いた。彼はその秋、私が暖炉の残り火を眺めているうちに亡くなったのだ。ハイキングの最中、空想の友人たちと想像上の会話をするようになった——マンの小説にでてくるカストルプとセッテンブリーニのあいだのやりとりに似ていなくもないやつだ。募る不安を紛らわすため、大量の薪を割った。時折、大した装備や備えもないまま切り立った断崖を登った。それは自殺的な自己慰撫の試みだった。落ちずに頂上まで辿り着けたなら、戦争も生きのびられるだろう。日課のひとつは七時半の夜のニュースを見ることだった。いいニュースは一度もなく、日々悪くなっていた。

数年後にシカゴで、怒りを抑えるためのエクササイズ《アンガー・マネジメント》に四苦八苦していた。にやにや笑いを絶やさないセラピストのアドバイスにしたがって、自分が安らぎを感じる場所のことを詳細に思い浮かべて呼吸をコントロールしようとした。私が決まってすがるのはヤホリナ山の小屋で、じっくりと、ごく小さな細部にいたるまで思い返していた。父親が釘を一本も使わずに作った、木のテーブルのなめらかな天板。物言わぬ鳩時計の下に架かっていたスキーの古いチケットの束。両親がサラエヴォの自宅から山に運んできた堅牢堅固な冷蔵庫のブランド名――オボド・ツェティニェ――は、私がはじめてひとりで読んだ文字だった。セラピーのセッションで、孤独な読書が私の千々乱れた精神をいかにクリアにしたか、どこにでもあるような松の木の匂いが、標高の高いぴりっとした空気、朝に山から差す光の角度といったものが心の傷をいかに癒してくれたかを思い出した。

一九九一年秋の滞在の終わりには、アイリッシュセッターのメクがついてきてくれた。まだ子犬だったのに、メクは朝、鳥とともに起きると、私の額と頬を舐めて、唾液で分厚くコーティングしてくれた。明け方に外に出して、世の子犬がやりたいことは全部やらせてやり、私はベッドに戻って読書か、小説の登場人物でいっぱいの夢のつづきを見たりした。ある朝、メクを外に出したあとで本に没頭していると、銃声がして驚いたことがある。外を見ると、白いベルトでそれとわかる憲兵の一団がいた。存在しない敵にむかって空砲を撃ち、ガスマスクを着用し、山小屋のそばを尾根にむかって突撃していた。その真っただ中にメクはいて、子犬らしい無邪気さで走ったり、跳んだり、吠えたりしていた。至近距離から空砲を撃たれれば死んでしまうかもしれない。本を手にしたまま、戻って来いとむなしくメクを呼びながら、パジャマ姿で憲兵隊を追いかけた。メクは私の声を気にかけず、憲兵隊が小休止をしたところでやっとつかまえることができた。私が自分のしでかしたと思しき過ちを無暗矢鱈と謝っているあいだ、息を切らし、ガスマスクを外した彼らの顔からは滝のような汗が噴き出していた。彼らは何も言わなかった——それほど消耗し、戦争のリハーサルに没入しきっていたのだ。私がスリッパに足をとられながら、メクを首輪で引きずって山を降りているあいだ、憲兵隊は隊列を組みなおしていた。ことによると、私に銃口を定めていたのかもしれない。

十二月初旬の別の日の朝、冷たく意気消沈した私は、ぬるくなったお茶をすすっていた。火を起こそうにも疲れ切っていた。メクは、私のひざに自分の頭をなでやすいように置いてくれた。外の陰鬱にたちこめる霧を見つめ、これから自分たち全員どうなってしまうのかと思いをめぐらせていた。戦争はとどまることを知らず、私の精神は完膚なきまでに打ちひしがれてしまい、どんな本を読もうとも、どんな物語を書こうとも恢復の兆しはなさそうだった。私が絶望の奥底に行きつこうとしたまさにその瞬間、電話が鳴った（まあ、記憶が実際の場面をそういう風に編集したのかもしれない）。そしてアメリカ文化センターの女性から、米国情報局の後援でアメリカに一か月の訪問滞在に招かれたと告げられた。その夏のはじめ、私は文化センター長との面接を受けていた。だが、なにも期待していなかったし、すっかり忘れてしまっていた。実際、しばらくのあいだいたずら電話のたぐいかと思っていたぐらいだが、電話の女性から訪問滞在の詳細をつめなくてはならないので、センターに寄るように言われ、約束させられた。私は電話を切ると、火起こしの作業にとりかかった。翌日、山をあとにした。

一九九一年十月十四日、ラドヴァン・カラジッチは、ボスニア・ヘルツェゴヴィナ議会で演説した。同議会はユーゴスラヴィアから独立するかどうかの住民投票を審議中だった。同年、スロヴェニアとクロアチアが分離独立したことで、ユーゴスラヴィアは手足をもがれた状態に陥っていた。カラジッチの目的は、スロヴェニアとクロアチアを追って「地獄と受難のハイウェイ」を行かないよう警告することだった。

そのとき、私はヤホリナ山にいて、読書と執筆で心を静めていた。夜のニュースをつけ、カラジッチが疲労困憊《こんぱい》した議員たちに雷を落とすところを見た――「ボスニア・ヘルツェゴヴィナを地獄に、ムスリム人を絶滅に導くかもしれないとは考えないのか。ここで戦争が起これば、ムスリム人は自衛できないんだぞ」。長口舌の最中ずっと(以前出席した記者会見ですでにおなじみの流儀だったが)、カラジッチはいたいけな聴衆にちぎって投げつけでもするかのように、演壇の角を握りしめていた。しかしその後、彼は手を放すと、「絶滅」ということばのところで人差し指で宙を突き刺した。ボスニアの大統領、アリヤ・イゼトベゴヴィッチはムスリム人であり、目に見えて狼狽していた。

カラジッチの怒号は、恵み豊かなユーチューブで簡単に見ることができる。インターネットとテレビは、あらゆるものから骨を抜いて陳腐にしてしまうのだが、カラジッチのパフォーマンスはいまだに血も凍るようなのだ。当時、カラジッチはセルビア民主党のタカ派ナショナリストであり、同党はセルビア人住民が多数のボスニアの地域をすでに支配下においていたが、彼は議員でもなかったし、それどころかいかなる議会の議席ももっていなかった。カラジッチはいれたからあの場にいただけの話だった。その存在自体が、議会の立場を弱く、無意味にするものだった。セルビア主導のユーゴスラヴィア人民軍をバックにして、議会が代表する人々の生殺与奪の権を握る反駁不能な立場からカラジッチは話していたのである。そして彼はそのことを知ったうえで、そうしていたのだ。

数週間にわたるセラピー的読書（カフカ、マン）で心を鎮めていたので、カラジッチが「絶滅」ということばで何を言おうとしたのか、当初はよくわからなかった。私はもっと穏当な、剣呑でない解釈を模索した――おそらく、「歴史的な誤謬」ぐらいの意味ではなかったのか。よくわからないが、とりあえず「歴史的な誤謬」にしておくことにした。カラジッチの言っていたことは、私のヒューマニスト的想像力の範疇をはるかに超えて、妄想と恐怖に傾斜したものだった。彼の言葉は、私が必死にしがみついていた常軌をはるかに逸していた。サラエヴォ人が「日常生活」と呼んでいたものの上に、戦争が浮かびあがった瞬間だった。

最終的に議会は住民投票の実施を決定した。投票は一九九二年二月におこなわれた。セルビア人はボイコットしたが、ボスニア人の大多数は独立に票を投じた。三月を通じてサラエヴォの街のあちこちにバリケードが築かれ、周辺の山では銃撃が相次いだ。四月、カラジッチのスナイパーが、議会の前でおこなわれていた平和的な反戦デモに発砲し、女性が二人殺害された。五月二日、サラエヴォは外界と切り離され、近代史上最長期間にわたる包囲が始まった。夏の終わりまでには、ほとんど世界中の一面という一面をセルビアの絶滅収容所の写真が飾った。その頃には私にも、不幸なボスニア議会での演説の中で、カラジッチがボスニアのムスリム人にジェノサイドの杖を振ってみせたのだとわかっていた――まずそうなニンジンを食べるしか生きのびる術はないぞ、と。「そんなことを私にやらせるなよ」――彼が言っていたのは本当はそういうことなのだ――「おまえのために生みだした地獄でだって、私は羽を伸ばせるんだから」。

議会での結果がどうでようと、車列の中でカラジッチが「地獄と受難のハイウェイ」へと嬉々としてアクセルを踏みこんだだろうことは現在ほとんど疑う余地はない。当時、私になにが見えていなかったのか、今ははっきりとわかる。戦争が起きない可能性は最初から、完全に除外されていた。絶滅機械は高らかにアイドリングし、虐殺作戦は全員配置についていた。その目的はボスニアのムスリム人を打破粉砕し、故郷剝奪するだけではなく、国土を民族的に浄化し、大セルビアへと統一することだった。なぜカラジッチは、平和が選択肢にないにもかかわらず、議会を前にしてあんなパフォーマンスを演ったのか？　なぜわざわざあんなことを？

私は自分がよく知り、愛していたもの全部が、いかにして粉砕されたのか、了解するために時間をついやしてきた。あのカタストロフィがいかに起こったのか理解しようと、そのディテールを執拗なまでに解析することに心を砕いてきた。カラジッチが逮捕されたあとも、私はユーチューブの映像を見て、なぜわざわざあんなことをしでかしたのか把握しようと努めてきた。いま私にはわかる。パフォーマンスのポイントは、パフォーマンスそのものだったのだ。あれは八方塞がりのボスニア議会にむけたものではなく、放送を見ている愛国的なセルビア人にむけたもの、生贄《いけにえ》、殺人、民族浄化を完遂するという叙事詩的な一大事業に乗りだす覚悟を決めた人間にむけてのものだったのだ。カラジッチは自分の支持者に、自分は期待に応えられるほどタフで、肝が据わっており、愚鈍でも阿呆でもないことを見せたのだ。カラジッチは、ジェノサイドが避けられないかもしれないという見解を示しつつも、戦争は自分の側の拙速な決断ではないと主張していた。成就困難な仕事なら、確固不動の決意で断行する。自分こそが虐殺の地獄を抜けて、人々を栄光と救済が待つ地へと導くリーダーなのだ、と。

カラジッチの役割のモデルになったのは、ペタル・ペトロヴィチ・ニェゴシュの叙事詩『山の花環』である。ほかの大勢と同じく、私は社会主義の正典《カノン》として学校でこの詩を学ばされた。「自由」の枠組の中で解釈しやすく、チトーのユーゴスラヴィアでは広くつかわれていた。十七世紀末を舞台にし、一八四七年に出版された本作は、セルビアの叙事詩の歴史にその名を深く刻まれている。セルビアの文化的ナショナリズムの基盤となったテクストで、読むと退屈でいつも涙がでたものだ。中心人物の主教《ヴラディカ》ダニロは、モンテネグロの主教かつ君主だったが、当時モンテネグロは、四方に版図を拡大していた強大なオスマン帝国に征服されていない唯一のセルビア人の土地だった。主教ダニロは自分は大きな問題を抱えていると考えた。モンテネグロのセルビア人にはイスラム教に改宗したものもいる。彼にしてみれば、改宗者はトルコ人の第五列であり、信用のおけない人間であり、セルビア人の自由と主権を恒久的に脅かす存在でしかなかった。

賢明なるリーダーである主教ダニロは、打開策をもとめて会議を召喚した。歴々の血に飢えた戦士たちの助言に耳を傾けた。「苦しみなくば謡《うた》は生まれず」——十音節で、うちの一人が言う——「苦しみなくば剣鍛《つるぎう》たれず!」主教ダニロは、和平と共存を訴えるムスリム人の使節団を受け入れるが、それは「父祖の信仰」に回帰して、ムスリム人にその首を肩に載せたままにする機会をあたえるためだった。彼は自由と、それを守るための時として必要な難しい決断について語る。「狼、羊に権力《ちから》をふるう、/暴君、弱者に対するごとし。/して暴君の首根をおさえ、/権力《ちから》の意味を識らしむこそ、/人の至上の義務《つとめ》ならずや!」

セルビア人なら子供も大人もほぼ全員知っている詩の中で、最終的に主教ダニロは、全ムスリム人の無慈悲なる絶滅こそが唯一の道だと悟る。「絶ゆることなき闘いつづけ/果てしなき闘いをあらしめよ」——彼は言う——「あり得ざることあるならばあれ」。彼は自国の民を虐殺の地獄へと導き、その先の栄光と救済へと至らしめることになる——「墓場に花のあまた萌えいで/末の世代のために咲くべし！」[1]

ボスニアの、郵便が狼によって届けられる地方（私たちがサラエヴォと呼びならわしている地域）で育ったカラジッチは、セルビアの叙事詩によく通じていた。叙事詩の朗読パフォーマンスつきで演奏されるグスレの名手でもあるカラジッチは（グスレは一弦のヴァイオリンで、実は名手もくそもないのだが）、主教ダニロが灯した炎を絶やさぬよう、自分の役目を理解していた。彼はリーダーとして殉教する己の姿をそこに認めていたのだ。彼は、自分こそが主教ダニロがはじめた事業を終わらせる人物だと信じていた。彼は遥か未来の世代に歌われる叙事詩の英雄になるつもりだったのだ。

実際、カラジッチは衆目のなかベオグラードに潜伏し、ニューエイジ風のペテン師のなりで癲狂院《ルーダ・クチャ》と呼ばれるバーに出入りしていた。癲狂院は毎週、グスレの伴奏つきのセルビアの叙事詩のパフォーマンスを提供していた。壁には、彼とラトコ・ムラジッチ——ボスニアのセルビア人の軍事的指導者（現在はハーグで公判中）——の戦時中の写真が堂々と飾ってある。地元紙によれば、カラジッチは少なくとも一度、絶滅の偉業を成し遂げる自分を主人公とした叙事詩を演ったという。この状況のおぞましいポストモダニズムを考えてみよう。変装した戦争犯罪人が、十音節の韻文で自分がしでかした犯罪を叙述する——自分の人格を抹消して、より力強く、英雄的に歌いあげたのだ。

これが悲劇であり、胸痛む皮肉なのは、カラジッチが十年足らずの間に己の歴史的な、疑似英雄的な役目を全うしたことだ。カラジッチの地獄のフライパンに一瞬火がはいっただけで、何十万もの人々が死に、（私の家族もふくめ）何百万もの人々が故郷を失い、数え切れないほどの人々が苦しんだ。それもこれも、自分がセルビアの叙事詩の万神殿におさまるためだったのだ。スピリチュアルな偽医者の皮をかぶった彼が逮捕されてからは、ハーグで受刑者仲間に賢者面して自分の歌を歌っている姿が目に浮かぶ。

もし作家なら、ラドヴァン・カラジッチの物語に「愚者にシェイクスピア」式の教訓を見ないわけにはいかない。彼の真の、唯一の故郷は他者のために自分がこしらえた地獄だった。ボスニアのセルビア人のリーダーになる前、そしてセルビアの大統領スロボダン・ミロシェヴィッチに追い出された後は（ミロシェヴィッチはカラジッチの有用性を使い果たしてしまうまでは、その支援者だった）、カラジッチは散文的な無名の人物だった。凡庸な精神科医であり、マイナーポエットであり、戦前はケチな横領犯でもあったカラジッチは、逮捕された時には宇宙エネルギーを引き寄せるために前髪を一房結わえた、一丁前のペテン師だった。カラジッチが自分の非人間的なポテンシャルを、血まみれの舞台で存分に発揮できたのは、戦争がつづくあいだだけだった。彼が彼になったのは、あり得ざることが、本当に起こってしまったからだった。

犬の人生

子供のころ、街で見つけてきたぼろぼろの子犬を、よく家に連れて帰ったものだ。未来のペットに新しい生活を楽しんでもらおうと、ソファのクッションを並べて柔らかいベッドをこしらえてから学校に行く。子犬に自分の家として十分くつろいでもらえれば、生涯にわたる友情を築く準備は完了だ。だが両親が仕事から帰ると、家の中がてんでめちゃくちゃになっているのを発見する。子犬はクッションを噛んでぼろぼろにしてしまい、床におしっこもしているのだ。私の生涯の親友候補は、すみやかにサラエヴォの非情なる路上へと放逐される運命にあった。

両親はどちらとも貧しい農民の家の生まれで、生活は家畜の労働に支えられており、そこではペットを飼うなんて概念ははなから存在しなかった。それで私は、母と父に自分には犬を飼う権利があると熱をこめて主張しなくてはならなかった。私の家は民主制をとってはいなかった。自分の家族に対する責任は、ほかのすべての義務や趣味に優先するものだと厳しくしつけられた。家族の憲章は、食料、住居、教育、愛以外の権利について一切補償していなかった。ペットを飼いたいという希望の棺桶に、錆びた釘で打ちこまれたとどめの一刺しは、自分の身のまわりの世話もできないのに、犬の世話なんてできるわけがないという反論困難な母の主張だった。

だが、妹のクリスティナは生まれつき頑固だった（そして今もそうだ）。私なんかは、権利をもつ権利について議論する権利について闘っていることがよくあったのだが、意志堅固な妹はまた別の、はるかに有効なアプローチをとった。妹は両親と自分の権利について議論するなんて無駄なことはしなかった。妹はただ単に権利なんて持っているのが当然というように振る舞い、自分が適当と思う範囲で行使したのだ。

妹がはじめに連れてきたのはシャム猫で、腹膜炎の一種にかかって死んだのだが、その病気が珍しかったので、小さな亡骸《なきがら》を獣医学校の研究者に寄付した。次の猫は二毛の田舎娘で、アパートから外に出していると、しまいには車に轢かれてしまった。傷心の母は新しいペットを家に入れることを固く禁じた。いなくなったときに耐えられないというのが母の理屈だった。

やりたいことはなんでもする無謬の権利があると、ずっと主張していたクリスティナは、この禁止令を頭から無視した。一九九一年の春、妹はつきあいたてのボーイフレンドを徴用し、セルビア北部、サラエヴォから数百マイルはなれた町のノヴィ・サドまで車を運転させた。そこでどうにかしてブリーダーを見つけ出したのだ。モデルをして貯めたお金で、見事な鳶色をした、アイリッシュセッターのぴかぴかの子犬を買うと、家に連れ帰ってきた。父はびっくりしてしまった——町で見かける犬なんてどう見ても役立たずなんだし、きらきらするアイリッシュセッターなんてなおさらだ。すぐにブリーダーのところに返してくるように命じたが、説得力はなかった。もちろん妹は父を無視した。母はまた生き物を飼うと心配しすぎてしまうからという、予測できる範囲のかたちばかりの抵抗はしたが、その犬に一目で惚れこんでしまったのは見てわかった。翌日か、翌々日だかには、犬はだれかの靴を噛んでだめにしてしまったが、即座に許された。私たちは犬をメクと名づけた。

　サラエヴォのような小さな都市では、一人で生きることはできない。すべての経験は、最終的にはシェアされることになる。メクが到着したところ、私の親友のヴェバ――通りの反対側に住んでいた――は自分でも犬を飼った。ドンという名前のジャーマンシェパードだった。ヴェバの父親のヴラドおじさん《チーカ》はユーゴスラヴィア人民軍の下級士官で、サラエヴォ近郊の軍用倉庫に勤務しており、そこで番犬が子犬を何匹か生んだのだ。ヴェバは一番のろまで不器用な子犬を選んだ。もし処分されるようなことがあれば、その子が最初だとわかっていたからだ。

　ヴェバはクリスティナの最初のボーイフレンドで、クリスティナのボーイフレンドとしては私が唯一気に入った人物だった。二人は高校でつきあいはじめ、数年後には別れてしまった。妹は最初のうち悩んでいたようだが、ヴェバと私は仲がいいままだった。私たちはときに一心同体と言っても過言ではないほどで、一緒にバンドをはじめてからは特にそうだった。妹が別れを乗りこえると、二人はあらためて友人同士になった。子犬がやってくるとすぐに、一緒の時間に散歩させるようになった。

私は両親とは一緒に住んでいなかったが、食事や家族の時間のためにしょっちゅう実家を訪れていた。メクが来てからは特にそうだった——メクを散歩させるのが楽しみだったのだ。ペットを飼いたいという子供時代の夢が、不撓不屈の妹のおかげでかなえられたのだ。ヴェバと私はメクとドンを連れて川沿いを散歩したものだ。あるいは自分たちはベンチに座り、犬が草むらを転げまわるのを眺めた。私たちが煙草を吸いながら音楽や本、女の子や映画について話していると、犬たちはお互いの喉元をふざけて噛み合ったりしていた。犬同士が本当の意味で友人関係になるのかはわからない。でもメクとドンは、ヴェバと私みたいに親友だった。

私の記憶で、最後に二匹が一緒だったのは一九九二年の初日の出を見にヤホリナ山に登った時のことだ。妹と私と友人たち（人間は計十名）のほかに、犬も三匹いた。メクとドンに加えて、友人のグシャもラキを連れてきていた。血筋の曖昧な、活発な犬だった（グシャは「カクテルスパニエル」と呼んでいたが）。こじんまりした山小屋の限られたスペースで、人間たちは犬につまずいた。犬たちの方でもイヌ科の議論に精を出し、引き離さなくてはならなかったこともしばしばだった。ある日など、プレファレンスというカードゲームを真夜中過ぎまで遊んでいて、グシャと私は怒鳴りあいの口論になって、犬を興奮させてしまった——屋根が吹き飛ぶんじゃないかというくらいの吠え声と怒鳴り声だった。この時のことを思い出すと温かな気持ちになる——私たちのかつての共有生活の、あの密度の濃い親密さがそこにはあったからだ。私たちが一緒に過ごした一週間が、私たちのサラエヴォ共同生活のお別れパーティーになるとは、そのときは想像できなかった。二、三週間後、私はアメリカに出発し、山小屋には二度と戻らなかった。

妹とヴェバは、メクとドンが最後に一緒にいた日を記憶している。一九九二年の四月だ。二人は二匹を近くの丘に連れて行った。サラエヴォ近郊の、小高くなっていた場所だ。ユーゴスラヴィア人民軍の戦闘機が、上空で音速の壁を破っては、街を威圧していた。犬たちは狂ったように吠えていた。二人は「またね！」と言い合って別れたが、五年間会えなかった。

そのあとすぐ、妹は一番新しいボーイフレンドについてベオグラードに行ってしまった。両親は散発的な銃声と砲声の頻度が日々増す中、二、三週間は街に留まっていた。急ごしらえの地下シェルターに隣人と身を隠し、メクをなだめて過ごすことが増えた。一九九二年五月二日、すべての出口が閉ざされ、容赦ない包囲が開始される前に、メクを連れてサラエヴォから鉄道で脱出した。すぐに駅はロケット弾の標的になった。十年かそこら、駅を発車する列車はなかった。

私の両親がむかったのはボスニア北西部の村で、父が生まれたプルニャヴォルから数マイル離れたところにあり、当時はセルビア軍の管理下に入っていた。死んだ祖父母の家は丘の上に残っていて、丘はヴチヤクと呼ばれていた（「狼が丘」とでも訳せようか）。父は農場でまだ養蜂を営んでおり、サラエヴォを発つと言い張ったのも、夏にむけて蜂の準備をせにゃならんというのが主な理由だった。長いこと戻ってこれないかもしれないという強い可能性を片意地に突っぱねて、温かな衣服もパスポートも持たず、夏服を詰めた小さなかばんだけで街を出たのだ。

戦争の最初の数か月を両親はヴチヤクで過ごした。主たる生計の手段は父の養蜂と、母の菜園だった。民族浄化作戦のため前線を行き来する軍用車両が家のそばを通り、酔っぱらったセルビア軍兵士たちは移送されながら、虐殺の唄を歌い、宙にむかって怒気をはらんだ銃弾を撃ちこんだ。両親は家の中で縮こまり、包囲されたサラエヴォのニュースにこっそり耳を傾けていた。メクが軍用トラックを呑気にも追いまわすようなことがあると、そのあとを両親がメクの名前を呼びながら必死で追いかけた。酔っぱらった兵士に悪ふざけで撃たれるのを恐れたのだ。トラックも兵士もそばにいないと、メクは丘を駆けのぼったり、駆けおりたりしていた。たぶん――そう私が思いたいだけなのかもしれないが――ヤホリナ山でのわれらが日々を思い出していたのだ。

その夏、メクは病気になった。立てなくなり、餌も水も手をつけず、尿には血が混じるようになった。両親は家の中で一番涼しいバスルームの床にメクを寝かせた。メクがじっと母の目を見るので、母はメクを撫で、話しかけていた。メクは話しかけると全部わかるのよ――母はいつもこう主張していた。両親は獣医に電話して相談した。しかし獣医のオフィスには自由に使える車が一台しかなく、常に走りまわっては、地域中の病気の動物の世話をしていた。獣医が往診に見えるまで二、三日かかった。獣医はすぐに、原因はシカダニだという診断をくだした。嚙みついたシカダニはみな、メクの血で丸々と太り、毒を注ぎこんでいた。予後はよくないと獣医は言った――だがオフィスでなら注射が打て、よくなるかもしれない。父はおじの、普段はそれを使って豚を屠畜場に運搬するトラクターと荷台を借りた。父はぐったりしたメクを荷台に載せて、丘をくだり、プルニャヴォルへ連れていくと、命にかかわる注射を受けさせた。途中でセルビア軍のトラックが追い越していったが、兵士たちは息が荒いメクを見下ろすだけだった。

魔法の注射は効き、二、三日後にはメクは息を吹きかえした。しかし、今度は母がひどい病気になってしまった。母の胆嚢は石でいっぱいで、感染症を起こしていた——サラエヴォではかつて、石を取り除く手術を勧められていたのだが、怖くて先延ばしにしていたのだった。そして戦争がはじまった。母の弟、おじのミリサヴはセルビアとハンガリーの国境の町のスボティツァから車を運転してきて、母を乗せると、緊急手術を受けさせるために引きかえしていった。父は友人のドラガンがやってきて、メクと自分を連れて行ってくれるのを待たなくてはならなかった。父が長い不在に備えて蜂の巣箱を準備しているあいだ、メクはそばの草地に身を横たえて、父につきそっていた。

ドラガンが着いたのは二、三日経ってからだった。来る途中、ドラガンはヴチヤク山頂の検問で足止めされていた。検問の男たちは毛深く、酔っぱらっていて、苛立っていた。行き先を訊かれたドラガンは、父のことを告げた。男たちはこう言って脅した——一時期父を監視していたので、その家族のこともよく知っているぞ（わが家は民族的にはウクライナ系だった——その年のはじめ、プルニャヴォルのウクライナ正教会はセルビア人によって爆破されていた）。それだけじゃなく、反セルビア的な執筆活動をし、現在はアメリカに住んでいる息子（すなわち私のことだ）のことも知っているんだぞ、と。そいつ（私の父）の面倒を永遠に見てやってもいいんだぜ——そう男たちはドラガンに言った。彼らはヴコヴィ（狼）という、ヴェリコなる人物が率いる民兵組織に属していた。数年前、父は近くの山の井戸からの水の引き方について、自分が組織した会合からヴェリコを追い出していた。ヴェリコはのちにオーストリアに行って、せっせと悪さをして金を稼ぎ、戦争直前になって戻ってきて民兵組織をまとめた。「ヘモンにおれたちが行くと伝えろ」――狼はドラガンを通すときにそう言った。

ドラガンがこの事件を非常に重く受けとめて報告すると、父は夜になって奴らに喉を掻き切られるのを待つよりも、なるべく早く脱出した方がいいと考えた。検問所のシフトは交替したばかりで、新しい男たちは酔っておらず、わざわざこちらにかまうほど粗野でもなかったので、父とドラガンは通された。検問所では父がメクを床に伏せさせていたので、狼に犬の存在を嗅ぎつけられたり、見咎められずにすんだ。あとで頭に血がのぼったのか、大方蜂蜜を盗もうとしたのだろうが、狼は父の巣箱を破壊してしまった（父がシカゴにくれた手紙に、戦争で蒙った被害の中で、蜂を失ったのが一番の痛手だと書いてあった）。

セルビアとの国境に向かう途中、父とドラガンはいくつもの検問所を通過した。父の懸念は、検問に配備された男たちが、ぴかぴかのアイリッシュセッターを見つけたら、自分らが街から来たのだとすぐに感づいてしまうのではないかというものだった。主として野良犬や狼が棲息するボスニアの田舎では、鳶色のアイリッシュセッターなんてまずお目にかかれなかったのだ。おまけにあちこちで人が殺されている戦争の真っ最中ときていた。そんな中、かわいい犬を後生大事にしている男がいれば、銃を持った男たちがむかっ腹をたてかねない雰囲気だったのだ。検問所で、メクが身を起こそうとすると、父は手で押さえつけ、耳元でささやいてなだめた。メクは元の体勢に戻った。メクは物音ひとつたてず、無理に立ちあがろうともせず、奇跡的に検問所で誰にも気づかれなかった。父とドラガンはなんとか切り抜けると、国境を越えて、スボティツァに辿りついた。

そのころ包囲されていたサラエヴォで、ヴェバはボスニア軍に徴兵されていた。一夜にして殺戮《さつりく》集団のセルビア軍に変わってしまった元ユーゴスラヴィア人民軍から街を守るためだ。戦闘の火蓋が切って落とされたとき、ヴェバの父親はサラエヴォの外の倉庫で勤務していたため、すぐにボスニア人に逮捕された。数年間もなんの連絡もなく、ヴェバの家族は父親が生きているのか死んでいるのかすらわからなかった。

私の家族はちりぢりになってしまったが、ヴェバの家族はまだ私の家のむかいに暮らしていた。ヴェバは母親と弟、ドンに自分のガールフレンドといっしょに、小さなアパートに住んでいた。すぐに食料が底をつきそうになった――包囲下の夕食は、オイルを振りかけたパン一切れがせいぜいだった。大多数の人にとって入手可能な唯一の食品は米だけだ――毎食毎食、毎日毎日。捨てられた犬の群れが街をうろつき、ときに人間を攻撃し、まだ新しい死体の肉を引き裂いた。犬を飼い、餌をやるというのはうろんな贅沢だったのだ。だがヴェバの家族は、なんでもドンと分けあった。みな骨と皮ばかりになってしまった。しばしば、分けあうものがなにもないことがあったが、ドンは事態の深刻さを理解し、決して欲しがらなかった。砲撃のあいだ、ドンはアパートの中をうろうろし、くんくん嗅ぎまわっては、悲し気な声をあげていた。ヴェバの家族が全員同じ部屋にいてやっと落ち着くのだった。身を横たえて、家族ひとりひとりをじっと見つめていた。ときどき、気をまぎらわせてやろうとこんなことを訊ねた――「メクはどこ? メクはどこ?」するとドンは玄関まで走っていって、興奮した様子で吠え、友人を懐かしんでいた。

ヴェバの家族がおしっこをさせにドンを連れだすときも、セルビアのスナイパーの死角になっているビルの谷間の狭いスペースの外には出れなかった。子供たちはドンとあそび、ドンも好きに体をなでさせていた。数週間のうちに、ドンは迫撃砲による攻撃を察知する超常的な能力を発達させた。吠えて、不安げにぐるぐる円を描いて歩く。毛を逆立てて、ヴェバの母親の肩に飛びのると、母親とほかのみなが建物に急いで戻るまで押しつづけるのだ。一瞬後、砲声が鳴り響き、近くで炸裂した。

父とメクはスボティツァでやっと母と合流した。母が胆嚢の手術から十分に回復すると、両親はほど近いノヴィ・サドに移った。母の兄弟がそこにもいて、小さなワンベッドルームのアパートの一室を所有しており、住んでもいいと言ってくれたのだ。両親はカナダに移住するために必要な書類をそろえるため、ノヴィ・サドで一年少々を過ごした。その間、父はドラガンの建築会社で働き、ハンガリーに行って数週間のあいだ留守にすることがよくあった。傍らのメクと、たまに訪ねてくる妹が、母の唯一の慰めだった。母はサラエヴォを恋しがり、ボスニアで起こっていることに怯え、テレビやラジオから流れてくるセルビアの無道なプロパガンダに傷ついていた。母は何日も泣き暮らし、母の膝に頭をのせたメクは、セッターの濡れた瞳で飼い主を見上げた。母は唯一の友人のようにメクを頼った。母は毎日、自分が生涯をかけて築いてきたものは全部失われたのだという現実を突きつけられて、辛い思いをしていた。以前の生活の唯一の面影が、すばらしいアイリッシュセッターだったのだ。

ノヴィ・サドのワンベッドルームは、ボスニアから避難してきた人々――友人の友人や、家族の家族――で一杯になることも多かった。不幸な人々が、ドイツやフランス、そのほかの、望まれていなければ、将来もそうならない場所に行けるまで、父と母は彼らを泊めてやった。彼らは床で雑魚寝していた。母はバスルームに向かう途中、その体につまずいてしまうことがあった。メクはいつも母の足元にいた。メクは避難してきた人々を気にせず、吠えることもまったくなかった。子供には撫でるがままにさせていた。

メクはオスで、若かったので、ほかの犬とけんかすることもしばしばだった。一度母がメクを連れだしたとき、ガラの悪いロットワイラーにつかまってしまったことがあった。犬同士が互いの喉笛に噛みつく寸前になってしまったので、引きはなそうとしてついだした手を、ロットワイラーに切りさかれてしまった。たまたまいたクリスティナが母を緊急救命室に連れていったのだが、傷をどうすることもできなかった。バンデージや破傷風の注射を打ってくれる医者の住所をもらっただけだった。帰りの分のお金がなかったので、タクシー運転手は翌日に残りを取りにくると言った。妹は取りにこられても仕方がないとぶっきらぼうに言った――明日も、明後日も、近い将来は金がないのだ（運転手は強く言わなかった。当時のセルビアのインフレ率は一日三百パーセントで、どちらにしても金は次の日には無意味になってしまった）。その後何年も、母は手を満足に動かすことも、物をつかむこともできなかった。メクは同じ地区のロットワイラーの匂いを嗅ぎつけると怒り狂うようになった。

一九九三年の秋、両親と妹はついにカナダ行きのための書類とチケットをそろえた。親類や友人が、別れを告げに集まった。これが生涯の別れになるとみなが確信していた。まるで葬式みたいに、涙、涙だった。メクはなにかが起こったのがわかった。メクは母と父を視界から離さなかった。その様子は、二人に置いていかれないか心配しているかのようだった。メクは家族には格別に愛嬌を振りまくようになり、できるときにはいつでも二人の膝に頭をのせ、身を横たえるときには二人のすねに体を預けるようになった。父はメクの愛情にじーんとなったが、カナダまで連れていくつもりはなかった――むこうで何が自分たちを待ちうけているのかわからなかったのだ。どこに住むのか、自分の身のまわりの世話もできるのかわからない。ましてや犬のことなど。いっぽう、母とメク抜きでカナダに移住する可能性なんて議論することもできなかった。母は他人にメクを残していくとちらっとでも考えただけで涙がこぼれてしまうのだ。

サラエヴォに話を戻すと、ヴェバは結婚し、私たちの家のむかいから夫婦で引っ越していった。ドンはヴェバの母と弟と一緒に残った。なぜなら、ヴェバは仕事で家を空けることが多かったからだ。赤十字に勤務していたヴェバの妻もしばしば家を留守にした。赤十字の職員についてボスニアの捕虜収容所を視察したヴェバの妻は、夫の父親が生きていることを発見した。開戦からずっと家に帰れなかったのに、ドンは「ヴラドはどこ?」と声をかけられると、父親が制服をかけていたコートラックに飛び乗っていた。ヴラドおじさん《チーカ》は戦争終結まぎわになって捕虜収容所から解放されるが、ドンとの再会はかなわなかった。

私はヴェバの家族からは断続的にしか知らせをもらっていなかった——ヴェバの手紙はボスニアの戦闘地帯を出入り可能な外国の友人を通じて郵送されてきた。突然、深夜に衛星電話がかかってきた。外国人記者団で働いていた友人が手配してくれたのだ。包囲中は普通の電話回線はほとんど使えなくなっていたが、ごくたまになぜか通じることもあり、それでランダムに親友につながらないかやってみていた。一九九四年のある深夜、出来心でシカゴからヴェバの家族に電話してみたことがある。サラエヴォ時間ではごく早朝だったが、一度鳴らしただけでヴェバの母が電話に出た。向こうからこらえきれないといった様子ですすり泣きが聞こえてきたので、最初に思ったのはヴェバが殺されたのではということだった。母親はやっとのことで落ち着くと、ヴェバは元気だが、誰かが犬に毒を盛ったのだと話してくれた。ドンは夜通しひどい痛みに苦しみ、痙攣《けいれん》して黄色いドロドロしたものを吐き出した。ヴェバの母親の話では、ドンは私が電話をかける少し前に死んだとのことだった。ヴェバもそこにいた。深夜に知らせを聞くとすぐ、新居からバイクを飛ばして駆けつけた。夜間外出禁止令はまだ有効で、命がけの行為だった。ヴェバはドンがこと切れるときに体を抱いてやるのに間に合った。電話でヴェバは泣いていた。私はヴェバにかける言葉もなかった。包囲下の友人にはもとよりどんな慰めの言葉もかけられなかったのだが。ヴェバは毛布でくるんだドンの体をかかえて十五階分の階段を降り、ビルの陰に、大好きなテニスボールといっしょに埋めてやった。

母がメクなしでは生きていけないのを見てとって、しまいに父は折れた。一九九三年十二月、両親と妹、そしてメクがカナダに到着し、私はシカゴから会いに駆けつけた。オンタリオ州ハミルトンの、家具もまだほとんどないアパートの十五階に足を踏み入れるとすぐ、メクは尻尾を振って、私をでむかえに嬉々として走ってきてくれた。三年近くも会っていなかったのに、私のことを覚えていてくれたのには心を打たれた。私はサラエヴォの自分はほとんど消失してしまったと感じていた。だがメクが私の膝に頭をのせたとき、昔の自分がいくらか戻ってきた。

メクはハミルトンで幸せな人生を送った。母はいつもメクを「ラッキーボーイ」と呼んでいた。メクは二〇〇七年に十七歳で死んだ。私の両親はもう犬を飼おうとは思わないだろう。最近、母の友人はインコで、メクの話が出るといつも涙を流している。

ヴェバは一九九八年にカナダに移住した。彼はモントリオールに妻とこどもたちと一緒に住んでいる。何年もヴェバは別の犬を飼うことを考えるのを拒否していたが、かわいいハスキーのミックス犬のカフルアがいまは家族の一員だ。妹はロンドンに住んでいる。彼女はメクのあとは犬を飼っていない。私は犬なしの生活なんて考えられないという女性と結婚して、いまはビリーという名前のローデシアンリッジバックを飼っている。

ニコラ・コリェヴィチ教授はピアノ弾きのほっそりと伸びた指をしていた。今でこそ文学の教授だったが（八〇年代後半、サラエヴォ大学で私の先生だった）、学生時分にはベオグラードのジャズ・バーでピアノを弾いて生活していた。ある時など、サーカスの楽団の一員にまでなった。シェイクスピア悲劇をピアノの鍵盤の前に堂々と広げて、アリーナの端っこに席をとり、指を曲げ伸ばしして、ライオンには目もくれず、道化師の入場を待っていた。

コリェヴィチ教授が教える詩と批評の授業では、ニュークリティシズム的な立場から詩を読むことになった。クレアンス・ブルックス(1)が教授のお手本だった。私たちはテキストの外側にある一切――作者の政治的立場や伝記的背景など――を無視して、作品に内在する特質を分析する方法を学んだ。ほかの教授たちはほとんどみな、学者を襲う倦怠の悪魔に憑かれたように、何事も学生に問いかけることなく情熱がまるで感じられない授業をした。コリェヴィチ教授のクラスでは私たちはクリスマスプレゼントの包みを開けるみたいに詩を取り出して分析したので、発見の共有によって生みだされた一体感が、文学部の最上階にある小さくて暑い教室を満たした。

教授は信じられないほどたくさん本を読んでいて、シェイクスピアの原文をすらすら引用したのでいつも感銘を受けた。私もありとあらゆるものを読んで、たやすく引用できるようになりたいと思ったものだ。教授はエッセイライティングの授業も持っていた（私が受けたことのある文章講座はあとにもさきにもそれだけなのだが）。私たちはモンテーニュをはじめとするエッセイの古典を読み、その後で高尚そうな思想をひねりだそうとしたが、みすぼらしい模倣がせいぜいだった。それでも、私たちがモンテーニュと同じ次元のものを書けると、たとえわずかでも教授が思ってくれたことには気をよくした。文学の素晴らしい、堂々たる仕事にじきじきに招かれたような気分になれた。

あるとき、コリェヴィチ教授は娘が五歳にして書きはじめた本のことを話してくれた。「私の人生の本」というタイトルをつけたのに、第一章しか書かないんだよ。人生がもっとたまるのを待つつもりなんだ、第二章にとりかかる前にね。私たちは笑った。自分たちもまだ人生のはじめのほうの章にいて、周囲で悪意あるプロットがうずまいているのが目に入らなかったのだ。

卒業したあと、私はコリェヴィチ教授に電話して、指導してくれたこと、読書によって征服しうる世界に案内してくれたことにお礼を言った。当時、教授たちを仰ぎ見るばかりだった一学生にとって、電話するのは勇気の要ることだったが、彼は気を悪くしたりもせず、ミリャツカ川へ夕べの散歩に連れだしてくれ、文学や人生について友人同士か対等の存在であるかのように議論しさえしてくれた。歩いている最中、教授は片手を私の肩にのせていたが、私のほうがだいぶ背が高いせいで、しがみつくのに指が鉤みたいになって引きつっていた。なんだか心地悪かったが、何も言わなかった。うれしいことに、教授は境界を越えてくれたのだ。その親密さに水を差したくはなかった。

この散歩のあとまもなく、私は『ナシ・ダーニ』という雑誌の編集者として働きだした。ほぼ時を同じくして、コリェヴィチ教授はラドヴァン・カラジッチ率いる悪意に満ちた民族主義政党であるセルビア民主党の幹部になった。カラジッチは才能のない詩人であり、後に世界中から極悪の戦争犯罪人として最重要指名手配される人物だった。党の会見に記者として参加した私は、カラジッチが怒号をあげてパラノイアと人種差別をまきちらすのを聞くはめになった。その威圧的な頭部が、まさに私たちの地平にそびえていた——巨大で角ばった額に、灰色のたてがみが荒々しく揺れていた。コリェヴィチ教授もその場にしばしば居て、カラジッチのとなりに座っていた。小柄な教授は、厳粛かつ学者然としていた。大きなビン底眼鏡をかけ、皮のひじあてがついたツイードの上着を着こみ、祈りと拍手の間で停止してしまったように顔の前でほっそりした指を軽く組み合わせている。会見が終わると、まだ書物への愛を分かちあっていると信じて、律儀にあいさつしたものだ。「こんなことに首を突っこむな」——教授はこう忠告した——「文学に専念しなさい」。

一九九二年、セルビア人たちがボスニアを攻撃してサラエヴォ包囲がはじまったとき、私はアメリカにいた。シカゴで安全に暮らしながら、セルビアのスナイパーが、ロケット弾が命中したトラックから逃げようとしている男の両ひざと両足首を撃ちぬくのを見た。雑誌の表紙や新聞の一面に掲載されたセルビアの収容所のやせ衰えた捕虜たちを見た。「スナイパー通り」を駆けていく人々のおびえきった顔を見た。執拗にして周到な炎の中でサラエヴォの図書館が燃え落ちるのを見た。

数十万冊の書物の破壊をひき起こしているのが、一人の詩人（へぼ詩人だったかもしれないにせよ）と一人の文学教授であるという非道なアイロニーを私は意識せざるをえなかった。ニュースで、コリェヴィチ教授がカラジッチのそばに立っているのをときどき目にしたが、カラジッチは起こっていることをいつも否定して「自衛のため」か、あるいはまったく起こっていないことにした。時たま、コリェヴィチ教授自ら記者たちに話すこともあったが、レイプキャンプについての質問を鼻で笑い、セルビアがおこなっている犯罪に対する非難をすべて「内戦」につきものの不幸な出来事として片づけた。マルセル・オフュルスが撮った「私たちが見た苦しみ」（ボスニア紛争を取材した外国人たちをめぐるドキュメンタリー）で、コリェヴィチは「セルビアのシェイクスピア学者」という字幕を出され、BBCの記者に非の打ち所がない英語でメディア向けの決まり文句を振りまきながら、背景でサラエヴォにセルビアの砲弾が落ちている音を、正教におけるクリスマスの儀礼的な祝典の一部だと言い逃れしていた。「わかりきったことですが」――教授は言った――「昔からセルビア人はこういうのが好きなのです」。話しながら、教授は自分の下司《げす》な機転を楽しみつつ、笑みを浮かべた。

「ですが、今はクリスマスでさえありません」――BBCの記者が言った。

私はコリェヴィチ教授にとり憑かれるようになった。彼のジェノサイド的な傾向に気づけたかもしれない最初の瞬間をなんとか思いだそうとした。罪悪感に苦しめられ、灰を――私の図書館の灰を

——ほじくるように彼の講義を、彼と交わした会話を、何度も思いだしてみた。かつて好きだった本や詩——エミリー・ディキンソンからダニロ・キシュまで、フロストからトルストイまで——を読んだことをなしにした。教授がこうした作家たちを好きになるように教えてくれた記憶をなしにした。なぜなら、私は知るべきだった、注意を払うべきだったのだから。精読にどっぷりはまり込み、すっかり影響を受けやすくなっていた私は、贔屓にしている先生が途方もない犯罪のプロットを練っていたことに気づかなかった。だが、過去を帳消しにすることはできない。

いまになって思うのは、自分が教授の文学的なヴィジョンよりも、その悪にはるかに影響を受けてしまったのではないかということだ。私は、自分の人生の、若く貴重な一部を削除抹消した——そこで私は、芸術の中でぬくぬくとしていれば、歴史から逃れ、邪悪から隠れおおせると信じていたのだ。おそらくはコリェヴィチ教授のせいで、私の文章はブルジョワ的戯言へのいらだちが染みこみ、やり場のない怒りにどうしようもないまでに浸されてしまって取れないのだ。

戦争が終わりに近づくにつれ、コリェヴィチ教授はカラジッチの寵愛を失い、権力の中枢から引きずりおろされた。深酒をして過ごすようになり、時々外国の記者のインタヴューに応じ、セルビア人と自分に対してなされた様々な不当な行為についてわめき散らしていた。一九九七年、教授はシェイクスピアが詰まった己の脳を銃で吹き飛ばした。二度、撃たなくてはならなかったのは、いかつい引き金にかかったピアノ弾きのほっそりした指が震えていたからだろう。

フラヌールの生活

一九九七年の春、私はシカゴ――住んでいる場所――から、サラエヴォ――生まれた場所――に飛んだ。サラエヴォに戻ったのはそのときがはじめてだった。一年半前にボスニア・ヘルツェゴヴィナの戦争が終わったのだ。包囲がはじまる数か月前に街を出たままだった。祖母のように思っていたヨゼフィナおばさん《テータ》をのぞいて家族はいなかった（両親と妹はカナダに移っていた）。一九六三年、大学を卒業した両親はサラエヴォに移ってくると、ヨゼフィナとその夫マルティンのアパートに部屋を借りたのだ。アパートはマルティンが庭《ドゥヴォール》と呼んでいた地区にあった。その借りた部屋で私は孕《はら》まれ、人生の最初の二年間を過ごすことになった。ヨゼフィナおばさん《テータ》とマルティンおじさん《チーカ》には当時十代の子供が二人おり、私には自分の孫のように接してくれた――いまだに母はそのせいで私がだめになったと信じている。私たちがサラエヴォの別の地区に引っ越してから数年のあいだは、私はマルティンの庭《ドゥヴォール》を訪ねるため、来る日も来る日も戻らなくてはならなかった。戦争が私たちの日々の暮らしを破壊してしまうまで、ヨゼフィナおばさん《テータ》とマルティンおじさん《チーカ》のところで毎年クリスマスを過ごす決まりだった。いつも儀式は同じだった。高カロリーで手のこんだ同じメニューが大テーブルにところせましと並び、舌が焼けるようなヘルツェゴヴィナ産の同じワインが出て、同じ顔ぶれが同じ冗談と同じ小話を交わし、中にはよちよち歩きだったころの私が夜のお風呂の前にお尻丸出しで廊下を駆けまわったという話もあった。

　マルティンおじさん《チーカ》は包囲が終わる間際に発作でなくなった。それで一九九七年にはヨゼフィナおばさん《テータ》はひとりになってしまった。帰ってくるとおばさんのアパートに行き、私が自分というどうしようもなく面倒な存在を開始した部屋（そしておそらく、まさにそのベッド）に泊まった。アパートの壁は榴弾《りゅうだん》の破片や銃弾で穴ぼこだらけだった――アパートは、川向こうから狙ってくるセルビアのスナイパーの視線にもろにはいっていた。敬虔《けいけん》なカトリック教徒のヨゼフィナおばさん《テータ》は、その反対の証拠が周囲にごろごろ転がっていたにもかかわらず、人間の本質は善だと信じようとしていた。スナイパーは本当は善良な人間だというのがおばさんの説だった。その証拠に包囲のあいだ、しばしばおばやおじの頭上を撃つことで、監視しているから自分のアパートの中でも下手に動くなと警告してくれたと、おばさんは言っていた。

　サラエヴォに帰ってからの数日間は、包囲中の恐ろしい、無惨な話――おじの死の詳細な再話もふくむ（どこに座って、なにを言ったか、どう倒れたか）――をヨゼフィナおばさん《テータ》から聞く以外にはほとんど何もしなかった。そして街をさまよい歩いた。新しいサラエヴォと、一九九二年にアメリカに発ったときのヴァージョンとの折り合いをつけようとしたのだ。包囲が街をどう変えたのかを理解するのはたやすいことではなかった。変化はあるものが別のものに変わったみたいな簡単な話ではなかったからだ。あらゆるものが不思議なほど変わっていたし、あらゆるものが不思議なほど前と同じだった。わが家の部屋（そしておそらくはベッドも）は同じだった。建物は同じ場所に建っていた。街のレイアウトは変わっていなかった。街は同じ、曖昧だが、見覚えのあるロジックに従っていた。街の橋は川の同じ場所に架かっていた。だが、空間は包囲の傷跡が刻まれていた。建物は砲弾や榴弾のシャワーでぼろぼろになるか、砕け散った壁の塊と化していた。川が前線だったので、橋のいくつかは破壊され、その周囲はならされていた。街を粉砕した迫撃砲の弾痕——着弾点のクレーターから放射状に線が走っていた——を、あるアート・グループが赤く塗り、現在のサラエヴォ市民は——信じられないことに——それを「バラ」と呼んでいた。

私は街の中心部にあったお気に入りの場所を残らず再訪してみた。それから丘の上の雑然とした路地を歩きまわったが、その向こうは地図なき地雷原の緑したたる世界が広がっているのだった。私は手あたり次第にビルの廊下や地下に入って、ちょっと匂いを嗅いでみた。皮のスーツケース、古雑誌、湿気た石炭粉の懐かしい匂いのほかに、生活への疲れと下水の匂いがした——包囲中、人々は砲弾から逃れるため地下室に避難していたのだ。何軒かコーヒーショップを流してコーヒーを飲んでみたが、戦争前に記憶にとどめた味とはかけはなれていた——トウモロコシを焦がしたような味がした。シカゴに住むボスニア人として、故郷喪失は経験済みだったが、今回はまた別のものだった。私は、私のものだったまさにその場所でよそものになっていたのだ。サラエヴォでは何もかもが痛みを覚えるほど見慣れたものでありながら、同時にまったく不可解で、遠いものになっていた。

　ある日、あてもなく、落ち着かずにぶらぶらと、戦争前はユーゴスラヴィア人民軍通りと呼ばれ、いまはサラエヴォの守護者通りと呼ばれている通りを歩いていた。通り過ぎようとしたとき、社会主義の最盛期に——いまやいい意味で先史時代のように聞こえる——労働者大学《ラドニチキ・ウニヴェルジテト》と呼ばれた建物が私を振り返らせ、洞窟にも似た入口を肩越しにのぞかせたのだった。向きを変えたのは私自身の意思決定によるものではなかった。私の頭を巡らせたのは私の身体であって、そのあいだにも意識は数歩分歩みをつづけていた。せかせかした歩行者の流れをさえぎって、私はかつての労働者大学の前に呆然と立ちつくしていた——そしてやっと、何が私を振り返らせたのか気づいた。労働者大学は映画館としても使われていたのだった（戦争の数年前に閉鎖された）。当時、ここを通るたびに、私はポスターと上演時間が貼りだされているウィンドーをチェックしていた。身体的記憶という灯りの消えた坑道から、私の肉体は「振り返って演目を見る」という動作を引きあげていたのだ。新作映画のポスターのかたちで飛びこんでくる都会の刺激に反応する訓練を積んではいたのに、こいつは深海に放り出されたときの泳ぎ方をまだ覚えていたのだ。その不随意運動による反転につづいて、私の意識はありふれた、プルースト的とでも言うような、記憶の洪水に浸されていた。サラエヴォでかつて《ワンス・アポン・ア・タイム・イン・サラエヴォ》、労働者大学でセルジオ・レオーネの『ワンス・アポン・ア・タイム・イン・アメリカ』を観た。そしていま思い出した——映画館の床を清掃するために使われていた消臭剤のつんとするあの匂いを。

フェイクレザーのシートから体をもぎはなすときのあの感覚を。幕が左右に開くときのコトコトというあの音を。

　私がサラエヴォを発ってアメリカに向かったのは一九九二年一月二十四日のことだった。故郷を失い、取り返しがつかなくなってからしかこの場所に帰ってこられないと、そのときは知る由もなかった。私は二十七歳（と半年）で、ほかの場所に住んだことはなく、そうしたいと望んだこともなかった。旅に出る前、ジャーナリストとして数年間働いていた。平和な、社会主義時代のユーゴスラヴィアでの勤務先は「青年出版社《オムラディンスカ・シュタンパ》」というところで、チトーによる一党独裁国家という圧力室育ちの主流の出版社よりも概して束縛が少なかった。私が最後にした有給の仕事は『ナシ・ダーニ』の文化面を編集することだった（戦争前、「文化」の領域は、徐々に憎しみに満ちていく政治の世界からの避難所になるように思われた。いま「文化」という言葉が聞こえたら、ヘルマン・ゲーリングのものとされている言葉を引用する――「「文化」という言葉が聞こえたら、拳銃に手を伸ばす」）。私は映画評を書いていたが、コラム「サラエヴォ共和国《レプブリカ》」のほうがずっと有名だった。この名称はドブロブニクやヴェネツィアのようなルネサンス期に栄えた地中海の都市国家を連想させるものであると同時に、「民族統一主義者」――コソヴォにユーゴスラヴィア連邦内で共和国の地位を与えるように要求していた――がコソヴォの壁にスプレーで書いていたスローガン「コソヴォ共和国《レプブリカ》」を思わせるものでもあった。すなわち、セルビアの「自治州」としての地位に代わって、完全な主権を与えろというものだ。言いかえれば、私は過激派サラエヴォ人だった。コラムをはじめるにあたって、私はサラエヴォのユニークさ、本来固有の精神を訴え、サラエヴォという都市の神話を謳《うた》いあげて称揚する内容を、難渋なサラエヴォ方言を散りばめたもったいぶった散文で執筆した。最初に掲載されたコラムはあるアシチニツァについてのものだった。アシチニツァとは、ボスニアの昔ながらの食堂で、(焼いただけのものではなく) ちゃんとした料理を出す。その食堂は百五十年近くもの間、地元の一家ハジバイリッチによって経営されていた。ハジバイリッチ家にまつわる都市伝説のひとつに、こんなものがあった。七〇年代、『スティエスカの戦い』(リチャード・バートンがチトー役をした、国家制作の第二次世界大戦を描いたスペクタクル映画) の撮影中、美食家のエリザベス・テイラーを悦ばせるために、ハジバイリッチ家のブレジツィ (サワークリームを周りにつけたミートパイ) を、ユーゴスラヴィア人民軍のヘリコプターがボスニア東部の山岳部奥深くに造られたセットまでひっきりなしに輸送していたという。今日にいたるまで、あのパープル・アイズのお尻の脂肪の一部がサラエヴォ由来である可能性を、ボスニア人の多くは誇りに思っている。

次のコラムはサラエヴォのバロック的な方言の哲学についてのものだった。あるいは膨大な時間をつぶすための方策について――これぞ都市伝説の (再) 構築のために不可欠なものと私が信じ、日々カファナで実践にいそしんでいたものだった。あるいはビンゴ・ゲームの会場について――ここには社会の負け犬や、底辺生活者、なにかクールなものはないかと探しまわっている都会の若者が出入りしていた。コラムのひとつは、街の中心部から旧市街へと延びた歩行者専用の往来――ヴァソ・ミスキン通り（社会主義がばたばたと崩壊して以降、フェルハディヤと呼ばれていた）——についてのものだった。私はこの道を街の動脈と呼んだ。なぜなら、サラエヴォ人の多くは少なくとも日に二回はこの道を歩いて街を循環させるからだ。ヴァソ・ミスキン通りにたくさんあるカファナのうち一軒でコーヒーを飲むだけの時間の余裕があるなら、街全体が目の前をパレードしていくところを見ることができる。九〇年代初頭には、通り沿いに露店が立ち並び、壊滅した労働者国家の残骸を二束三文で売り払っていた。ミシン針、スクリュードライバー、ロシア語セルビア・クロアチア語辞典。最近並ぶのはだいたい第三世界—資本主義のジャンクだ。海賊版のＤＶＤ、中国製のプラスチックのおもちゃ、植物を煎じた生薬、謎の精力強壮剤。

街に精通したコラムニストを夢みて、ネタ集めに街を徘徊しては、ディテールを吸収し、アイディアを生みだした。当時その言葉を知っていたかどうかわからないが、いま若い自分をボードレールのフラヌールのように思い描きたくなる——遍在と不在を同時に希求しながら、彷徨《さまよ》うことが街との主たるコミュニケーションであるような人間だ。サラエヴォは小さな街だった（そして今もそうだ）。物語と歴史が濃厚で、私がよく知り、愛する人々で溢れている。丁度いいカファナに座るか、街をふらりと流すかすれば、そのすべてをモニターできるのだ。ヴァソ・ミスキン通りの河口や、丘を登っていく狭くて暗い通りを検分すれば、パラグラフが組みあがって脳に溢れかえった。シンプルな欲望に肉体がとらわれることも、（不思議だが）まれではなかった。街が私のために身体を横たえ、ひらいてくれているのだ。徘徊は肉体だけでなく精神に刺激をあたえた。日々のカフェインの摂取量が脳卒中を発症しかねない域に達していても、たぶん問題はなかったろう――ボードレールにとってのワインと阿片が、私にとってはコーヒーと煙草だったのだ。

一九九七年の私がすることになるように、当時の私は廊下の匂いを嗅ぐためだけに建物に足を踏みいれた。私は過去一、二世紀のうちに無数の靴底でこすれてすり減った石段の縁《へり》を観察した。試合のない日は閑散としているジェリョ・サッカー・スタジアムで時間をつぶし、年金生活者――引退して終身パスを持っている――の話を盗み聞きした。老人たちはスタジアムをノスタルジックに円を描きながら徘徊して、過去の悲惨な敗北や、まさかの勝利についてあれこれ議論していた。人生のすべてだった場所に帰ってきたせいで、なじみ深さのあまりディテールがぼやけ、別の風に感じてしまっていた。当時の私は、知覚と表層、嗅覚と視覚を収集し、サラエヴォの建築物と相貌を完全に内面化した。しばらくして、内面は外面と切り離せないことに気づいた。肉体的にも、精神的にも、私はところをえたのだ。横道でオーストリア＝ハンガリー帝国時代の建築によくある壁の装飾《フリーズ》を見上げたり、人気《ひとけ》のない公園のベンチで、遊んでいる犬や、なにしているカップルを眺めている私を（心配になる行動だ）だれか友人が見かけたら、コラムのことを考えているのだと思っただろう。十中八九、その通りだった。

　壮大な計画にもかかわらず、『ナシ・ダーニ』が資金不足から自然消滅してしまったので、結局六本か七本しか「サラエヴォ共和国《レプブリカ》」のコラムを書けなかった。雑誌の消滅は、当時進行中だったユーゴスラヴィアの消滅の中では特段人目を惹かなかった。一九九一年夏、セルビア人住民が多数を占めるボスニアの地区に、部隊と武器がひそかに移送されているという噂が流れ、隣国クロアチアでの武力衝突がにわかに本格的な戦争へと拡大していった。サラエヴォの日刊紙『オスロボジェニェ』は、軍が言下に否定したにもかかわらず、ボスニア・ヘルツェゴヴィナに部隊を再配備する軍事計画を入手した。これは戦争が迫っていることを如実にしめしていた。

戦争の露骨な可能性を否定していたのは軍のスポークスマンだけではなかった――サラエヴォの町の住人も、理由はちがうにせよ、その明白な可能性を無視しようと躍起になっていた。一九九一年夏のパーティーには、セックスとドラッグがありあまっていた。ヒステリックな笑い声が聞こえてきた。街は昼も夜もごった返していた。忍びよる破滅の光につつまれた街はかつてないほど美しく、魅惑的になった。しかし九月初旬までには、可能性の否認という困難な作戦は、はかなくも下火になっていた。街をぶらぶらしていると思わず、どのビルがスナイパーが陣取るのに好適か、嫌になるほど考えてしまうのだ。戦火をかいくぐる自分の姿が頭をよぎっても、どこにでもいる主戦論者の政治家のせいで誘発されたパラノイドの兆候にすぎないと片づけてしまっていた。いまは、自分が想像していたのが「事件」だったことがわかる。私には、ありのままの「戦争」を想像するのは難しかったのだ――若者が病気の兆候に気がついても、死に結びつけるのが難しいのとまったく同じだ。命は途切れなく、強く、否認しがたく存在しているように思えるのだ。

現在のサラエヴォでは、死を想像することはあまりにたやすい――死は途切れなく、否認しがたく存在している。だが当時を振り返ると、不死なる街は美しく、その精神は不滅であって、私の内面でも外面でも活力に溢れていたのだ。その消せない存在感、その具体性は、戦争の抽象性を寄せつけないように思えた。その後学んだのは、戦争とはありうべき事態の中で、もっとも具体的なものであるということ——現実は想像を超え、内面も外面も等しく均《なら》すと、魂すら瓦礫《がれき》にしてしまうということだった。

一九九一年の初夏のある日、サラエヴォのアメリカ文化センターに面接に呼ばれた。面接は、インターナショナル・ビジターズ・プログラムへの適性を審査するためのものだった。この文化交流プログラムは、現在は廃止されたアメリカ合衆国広報文化交流局によって運営されていた。私はそこがスパイ組織で、職員は文化愛好家に偽装しているといいなぐらいに考えていた。もちろん、アメリカに招待してもらえたらうれしかった——私の青春時代のサラエヴォで、アメリカ文化を避けて生活するためには、目も見えず、耳も聞こえず、口もきけず、人事不省にでもなっていなければ不可能だった。高校を卒業した一九八三年の時点では、私のオール・タイム・ベスト映画はコッポラの『地獄の黙示録』だった。私はパティ・スミス、トーキング・ヘッズ、テレヴィジョンを崇拝していたし、私にとってCBGBは、信心深い者にとってのエルサレムのようなものだった。しょっちゅうホールデン・コールフィールドの言葉づかいを(翻訳で)真似してみたり、なにも知らない父親をそそのかしてブコウスキーの本を誕生日プレゼントに買わせたりなんかもした。大学を卒業した一九九〇年の時点では、『ヒズ・ガール・フライデー』のダイアローグの一節を(発音はひどかったが)妹と一緒に演じることができた。ブライアン・デ・パルマの才能をわからない人間には憤りを覚えた。パブリック・エナミーの怒りの罵倒を暗唱できたし、ソニック・ユースとスワンズにどっぷり嵌《はま》りこんでいた。翻訳で手に入るアメリカ文学の短編集をほとんど敬虔と言っていいような態度で読んだ。そこではバースとバーセルミが一世を風靡《ふうび》していた。バースの有名なエッセイを実際には読んではいなかったのだが、「枯渇の文学」という概念は至極クールに思えた。私はブレット・イーストン・エリスと企業資本主義についてのレポートを書きもした。

私はセンターの責任者と会って、あちらやこちらについて（主にあちらの側の事情について）雑談を少々し、家に帰った。アメリカ訪問が実現するとは思わなかったし、その人物が私を実際に評価していることにも気づかなかった。アメリカ文化に傾倒していたにもかかわらず、あまり気にしていなかったのだ。ケルアックを読むのにアメリカにしばらく滞在したら楽しいだろうとは思っていても、サラエヴォを去りたいとは格別思っていなかった。私は自分の街が好きだった。その物語を自分の子供や孫に伝え、この街で老いて死ぬつもりだった。その時分、私とつかずはなれずの恋愛関係にあった女性は、サラエヴォから出て外国で働くために奔走していた。彼女の言い分は、自分はここに合っていないと思う、というものだった。「きみがどこに合うのかが問題なんじゃない。きみに合うものがなにかが問題なんだ」——私は彼女に言ったけれど、多分、映画かなにかの引用だったのだと思う。私は二十七歳（と半年）で、サラエヴォは私に合っていた。

十二月初旬に、アメリカ文化センターからアメリカに一か月滞在してもいいという電話がかかってきたときには、私は夏におしゃべりしたことなんてすっかり忘れていた。その頃には主戦論者の猛攻撃にうんざりしていたので、私は招待を受けることにした。離れれば少しは楽になると思ったのだ。私はアメリカを一か月旅し、サラエヴォに戻る前に、シカゴの旧友を訪ねる計画をたてた。私がオヘア空港に到着したのは一九九二年三月十四日だった。私の記憶では、浩々と澄みきった、よく晴れた日だった。空港から街に向かう途中、はじめてシカゴのスカイラインを見た——巨大で遠い、幾何学的な街。蒼穹《そうきゅう》を背にしたその姿は、エメラルド色と呼ぶには暗かった。

その頃には、ユーゴスラヴィア人民軍は、以前は否定した計画にのっとり、ボスニア全土に展開していた。セルビアの民兵は一心不乱に殺しまわっていた。サラエヴォ市街では、そこかしこにバリケードが築かれ、発砲があった。四月初旬には、ボスニア議会前での平和的なデモがカラジッチのスナイパーの標的になった。女性が二人、ヨゼフィナおばさん《テータ》のアパートから百ヤードほどのヴルバニャ橋で殺された。私が受胎された部屋の壁をあばただらけにしたのと同じ、善良なスナイパーの手によるものだと考えてまずまちがいないだろう。郊外の丘の上では、すでに戦争は熟れて荒れ狂っていたが、サラエヴォの中心地ではまだどこかで止まるのではないかと思っているようだった。心配してシカゴから電話で訊ねると、母はこんな風に答えたものだ——「昨日よりも発砲が少なかったのよ」——あたかも戦争なんて、春の夕立みたいなもののようだった。

だが父親からは、離れているようにと諭《さと》された。いいことなんてなにも起こらない——父は言った。五月一日にはシカゴから帰る予定だった。事態が加速度的に悪化するなかで、私は両親や友人たちの命が脅かされていることへの罪の意識と恐怖のあいだで引き裂かれ、以前は想像しなかった、そのときは想像もできない自分のアメリカでの未来への不安で眠れなくなった。私は自分の良心と言い争った。「サラエヴォ共和国」なんてタイトルのコラムの著者なら、戻って街とその精神を壊滅から守るのがお前の務めなんじゃないか。

良心の葛藤から逃れるかのように、己と言い争いをしているあいだはよく、シカゴをとめどなく歩きまわった。観たい映画を選ぶと（気晴らしと、映画評を書くという以前の習慣の両方から）、友人の助けを借りて上映館を探しだした。当時滞在していた地区であるウクレイニアン・ヴィレッジから公共交通機関で移動して、上演開始の二、三時間前にチケットを買うと、映画館のまわりを同心円状に徘徊した。私の初めての遠出は、富裕なゴールド・コースト地区のオーク・ストリートにあるエスクァイア映画館だった（いまはなくなってしまったが）――エスクァイアは私のプリマス・ロックだった。映画はマイケル・アプテッドの『サンダーハート』だった。そこでヴァル・キルマーが演じるネイティヴ・アメリカンが出自のFBI捜査官が、居留地で発生した事件を追っているうちに、自分の過去と血に向き合わざるをえなくなる。ディテールをそれほど覚えているわけではないが、ひどい映画だったと記憶しているし、いま書いてみてもそう思う。初めてゴールド・コーストを徘徊したときのこともあまり覚えていないが、これは学校に初めて行った日の経験が、受けた教育全体の中に埋もれてしまうように、ほかの日の出来事と区別がつかなくなってしまったのだ。

その後もシカゴ中の映画館に遠出をし、その周りをぐるぐると歩いた。いわゆる、ひどい地区に行ってひどい映画をもっと観たが、映画の内容にかかわらず、ひどいことはなにも起こらなかった。街のそんなところにわざわざ集まろうなんて人間はほとんどいなかったから、歩くためのスペースはいつだってたくさんあった。映画に行くお金がないときは（私の主たる収入源はプレファランスというトランプを使ったゲームで、それを友人とその連れに教えていた）、ウクレイニアン・ヴィレッジに隣接したウィッカー・パーク、バックタウン、フンボルト・パーク（ソール・ベローが子供時代を過ごしたあたりだ）の映画館のないエリアを流したが、ギャングが蔓延っているぞと警告された。

私はやめなかった。苛まれるフラヌールだった私は、アキレス腱を痛め、サラエヴォへの恐怖と望郷で頭は上の空のまま歩きつづけたが、ついに観念してここに残ることにした。五月一日、私は帰国しなかった。五月二日、街から出る道路が封鎖された。最後の列車（両親が載っていた）が出発した。近代史上最長の包囲が開始された。シカゴで、政治亡命者の保護申請をした。そして、現在に至る。

徒歩で探検するうちに、私はシカゴになじんでいったが、街を知っているわけではなかった。それを身体で知りたい、世界で自分の場所を見つけたいという要求は満たされなかった。私を苛んでいたのは、形而上的な病だった。なぜなら、どうやったらシカゴに存在できるのかまだわからなかったから。アメリカの都市は根本的にサラエヴォとは異なる構造をしていた（数年後、ベローの文章に、当時私が街に対して抱いていた心情をまさに閉じこめた一節を発見した——「シカゴはどこでもない場だ。

所だった。とりたてて何もなかった。広大なアメリカ空間に放り出されてしまったみたいになっていた」)。[1] サラエヴォという都市の景観には、なじみの顔、共有された経験とこれから共有可能な経験があふれていたが、私が理解しようとしていたこのシカゴは、匿名性が追求された結果、暗かったのだ。

　サラエヴォでは、みなが個人的なインフラストラクチャーを所有できた。自分のカファナ、自分の理容室、自分の肉屋。街にいれば気づいてもらえたし、場所自体がアイデンティティになっていた。自分の人生のランドマーク（サッカー中に転んで腕の骨を折った場所、人生最初の恋人と待ち合わせしていた街角、彼女と初めてキスをしたベンチ）。匿名などほとんど不可能であり、プライヴァシーなどまったく理解不能な概念だったがゆえ（ボスニア語には「プライヴァシー」にあたる言葉はない）、サラエヴォ人は仲間のことならお互いなんでもよく知っていた。内面と外面の境界など実のところ存在しなかったのだ。もし誰かが消えてしまったとしても、街の仲間は集合的記憶と永年溜めこんだゴシップからその人物を集合的に再構築してしまえた。自分という存在の意味、自分を奥底で規定するアイデンティティを決めるのはヒューマン・ネットワーク内部の位置だが、その物理的帰結こそが都市というアーキテクチャーだった。他方でシカゴは、集まってきた人々のために建設されたのではなく、ひっそりと静かに暮らしたい人々のために建設された街だった。サイズ、パワー、そしてプライヴァシーの必要性こそが、そのアーキテクチャーの主な様相を占めていた。その広大さゆえ、シカゴは自由と孤立、自立心と利己心、プライヴァシーと孤独の区別をしなかった。その街で、私は自分を位置づけるいかなヒューマン・ネットワークも持てなかった。私のサラエヴォ――私の中に確かにあり、まだ彼方には存在していた街――は包囲と破壊にさらされていた。私は物理的に故郷を失ったのとまったく同程度に、形而上的にも失っていた。だが、私はどこでもない場所には住めなかった。私はサラエヴォがくれたものをシカゴにも求めていた――それは魂の地理だった。

もっと歩かねばならなかったが、より切迫して必要だったのは、それなりに実入りがある仕事だった。アメリカで仕事にありつくにはどうしたらいいか、私の経験はなにも教えてくれなかった。デ・パルマの作品や枯渇の文学には、差し迫って必要な仕事をえるためのいかな指針もふくまれていなかった。違法な、最低賃金以下の仕事をいくつかこなしたあとで――うちのいくつかは、別人のソーシャル・セキュリティ・ナンバーを借りる必要があった（アリゾナのやつ、くそくらえ！）――私は就労許可をえて、ごった返す最低賃金の労働市場に参入した。用心棒やバーテンダーを探しているレストランのマネージャーや、派遣会社の社員のために、私が創造してみせたのは若干の誤りもふくんだかつての生活の一大宇宙であり、その中心にはあらゆるアメリカ的な事柄への精通を据えた。雇う側からすれば、そんなことはどうでもよかった。以下のことを学ぶのに数週間かかった。（a）アメリカ映画についてぐだぐだしゃべっても、最下層の仕事すらもらえないこと。（b）先方が「あとで電話します」というとき、実はそんな気がないこと。

私が最初にした合法の仕事はグリーンピースの訪問運動《カンヴァスイング》だった。この団体はあぶれ者に対して元来開かれていた。はじめてグリーンピースのオフィスに電話したときには、仕事がなんなのか、「カンヴァスイング」という言葉の意味がなにかすら知らなかった。当たり前の話だが、アメリカ人の家に行って玄関先《ドア・ステップ》で話すなんて恐ろしかった――英語は不十分で、冠詞もなければ、外国語訛りがかなり混入している。だが、私が喉から手が出るほど欲しかったのは、ドアとドアのあいだの遊歩の自由だった。そんなわけで、一九九二年の夏、これといった特徴のなさが自慢の、気だるげな西の郊外で私は運動していた（ショウンバーグ、ネイパーヴィル）。裕福なノースショア地区（ウィルメット、ウィネトカ、レイク・フォレスト）には、病院ほどもある家と宮殿のようなガレージに群れる車が。南部のブルーカラーが住む地区（ブルー・アイランド、パーク・フォレスト）では、家に招かれて、湿気たトウィンキーをごちそうになった。すぐに私は、芝の状態や郵便受けの中の雑誌、自家用車の車種で（ボルボはリベラル）、世帯の年収や政治的傾向を判断する術を学んだ。ボスニアとユーゴスラヴィアについての質問、もはや存在しないチェコスロヴァキアとそれら両者との存在しない関係についての質問を、甘受するようになった。『スタートレック』の精神性についてのご高説をにたにた笑ってやり過ごしたり、はい、サラエヴォでもピザとテレビの奇跡にあずかっていましたと、真顔で認めてやったりした。若い男がポルシェを買ったばかりで無一文なんだよと訴えてきたのを、にこにこしながら聞いてやった。人当たりのよいカトリック神父のお宅では、レモネードをごちそうになったが、神父の若くてハンサムなボーイフレンドは、酔って退屈そうにしていた。グレンゴーでは住人が銃を出してきて、いつでも使ってやるぞとすごまれたので、壁にアルフォンス・ミュシャのきれいな版画をかけている隣人のカップルの家に逃げこんだ。腹が出てはげかけたバイク乗りたちと、ヘルメット着用義務について議論した。中には退役兵もいたが、アメリカの高速道路に自分の脳みそをぶちまける権利のために自分たちはベトナムで戦ったんだと思いこんでいた。アフリカン・アメリカンの同僚《カンヴァッサー》が、閑静な郊外地域を守る警官に何度も止められるのを目撃した。

私のお気に入りの芝生は、当初の予想通り、市内のプルマン、ビヴァリー、レイクヴューといったところで、公園はハイド、リンカーン、ロジャーズだった。徐々にだが、ストリート・マップを脳裏に集め、私はシカゴランドの地理を整理できるようになった——ビルを一棟ずつ、家を一戸ずつという具合に。時折、運動の前に時間をとって地元の食堂で羽を伸ばしながら、アメリカン・コーヒーの焦げたトウモロコシのような味を無理に楽しみつつ、行きかう人の往来や、街角の麻薬取引、気さくな女性たちをモニターするようなこともあった。たまに、仕事をまるまるすっぽかして、自分に割当てられた地区をただ歩きに歩いたこともあった。私は低賃金の、移民のフラヌールだった。

同時に、私は包囲されたサラエヴォからのテレビレポートを強迫的に追いつづけ、スクリーンに映し出された人や場所を特定し、遠方から破壊の程度を計ろうとした。五月も終わりに近づいたころ、私はヴァソ・ミスキン通りでの虐殺の映像を見た。セルビアの砲弾がパン屋に並ぶ人の列を直撃し、地元民が何十人も死んだ。私はスクリーンに映った人々を特定しようとした——バラ色の血だまりで身をよじらせ、足はちぎれ、顔はショックに歪んでいる人々を——だが、できなかった。場所を見分けるのも難しかった。自分のものだと思っていた通り、軽薄に街の動脈なんて呼んだ通りがいま、置きざりにしてきた人々の本物の血に浸かっていた。私にできたのは『ヘッドライン・ニュース』で繰り返し流れる三十秒の映像を見ることだけだった。

シカゴからでも、故郷の変貌度合いを推し量ることができた。私の地元（ソツィヤルノ）とダウンタウンをつなぐ通りはスナイパー通りに改名されていた。私が年金生活者の話を聞いたジェリョ・スタジアムはセルビア人に掌握され、木製のスタンドは焼かれてしまった。街で一番、つまり世界で一番のソムン（イーストで発酵させたピタパン）を焼くコヴァチ通りにある小さなベーカリーも焼かれてしまった。オーストリア＝ハンガリー帝国時代の美しい建物にあった一九八四年の冬季五輪の博物館は、なんの戦略的価値もなかったが、砲撃を浴びせられた（いまも廃墟のままだ）。擬ムーア様式の国立図書館も砲撃され、何十万という本もろとも焼かれた。

一九九四年十二月、ボスニアで行われたと思しき戦争犯罪の証拠を収集していたデポール大学法学部の国際人権法研究所で、短期間ボランティアをした。その頃には、私はグリーンピースの運動を辞め、ノースウェスタン大学の大学院に登録していた。ほかの仕事がどうしても必要だったので、なにかないかと研究所のダウンタウンのオフィスに顔を出していた。私の潜在的な雇用主には、私が何者か、何者だったのか、知る術がなかった――スパイ行為を働くかもしれない――そこで単純作業だと思った仕事を、ボランティアでやらせることにしたのだ。まず、データベースにデータの入力を命じられた。そこに強制収容所についてのあらゆる証言や発言を収集していたのだ。しかし最終的に、サラエヴォで破壊されたり、損壊させられた建築物のうち、未特定の写真の束を渡され、場所を記載するように言われた。撮影された建物の多くは屋根がなく、穴が開き、焼かれ、窓が吹き飛ばされていた。写真には人物はほとんど写っていなかったが、私がやったのは死体の身元確認のようなものだった。通りの名前や、正確な住所すら思い出せることもちょくちょくあった。建物があまりに身近で現実感を欠いて感じられることもあった。たとえば、ドニィエラ・オズメ通りとトミスラヴ王通りの角のビルがあった――この向かいで私は高校時代、ジジコヴァッツ通りから歩いてくるガールフレンドをよく待っていたのだ。振り返ると、ここの一階にはスーパーマーケットがあって、彼女が遅刻したときなんか――まあ、いつもそうだったのだけれど――はよくキャンディーや煙草なんかを買ったのだ。私はこのビルをずっと知っていた。ビルは、その場所にしっかりと建っていて、消すことはできない。シカゴで写真を見るまで、そのことについて一時でも思いをめぐらせたことはなかった。写真のビルは砲弾で内臓をごっそりえぐりとられてしまって虚ろで、どうやら屋根が抜けて、二、三階低くなっていた。そのスーパーマーケットはいま、あふれるばかりに詰めこまれた私の記憶《メモリー》の貯蔵《ストレージ》スペースにしか存在していない。

ほかにも見覚えがあったが、場所を特定できない建物はあった。そして、まったく見たことがない建物もあった――建っている地区すらわからないものだ。それ以来、街全体を自分のものにするためには、必ずしも全部を知らなくてもいいのだと学んだ。だが砲弾の雨にさらされて、街が段ボールの書き割りのように崩れさろうとしているさなかでは、シカゴのダウンタウンのオフィスで、自分が知らない、今後も決して知ることがないだろうサラエヴォが存在すると考えるのは恐怖だった。もし心と街が等しいのなら、私は心を失っていたのだ。シカゴを私の個人的な空間に変換することは、形而上的に重要なだけでなく、精神医学的にも喫緊の課題になっていた。

一九九三年春、ウクレイニアン・ヴィレッジに一年ほど住んだあと、シカゴのノースサイドにあるエッジウォーターという、湖のそばにある地区に引っ越した。ビルの中に小さな一人部屋《ストゥディオ》を借りた。ビルはアーティスト・イン・レジデンスと呼ばれ、孤独な、ちゃんと成功していないアーティストがいろいろと住んでいた。アーティスト・イン・レジデンスは都市の匿名性の中で、ゆるいコミュニティを実現していた。ミュージシャンやダンサー、俳優にリハーサルの場所を、物書きへの夢を抱いた私のような人間には共有のコンピュータを提供してくれた。ビルのマネージャーの名前はぎょっとするほどぴったりなもので、アートといった。

当時を振り返ると、エッジウォーターと言えば、安く――そして質の悪い――ヘロインを手に入れるために行く場所だった。治安の悪さを警告されもしたが、そこで見たのは自分にふさわしい種々雑多な絶望だった。ある日、私はウィンスロップ・アヴェニューに立って、ビルの最上階のへりに座りこんで、自殺しようか迷っている若い女性を見上げていた。だが、通りがかった二人組の男は「跳べ！」と繰り返し叫んでいた。もちろん、そんなのはクソみたいな悪意の塊でしかない。だが、当時の私には、彼らの唆しは、「人生《ライフ》」と呼ばれるこの延々つづく問題に対する妥当な解決策にも思えたのだ。

その時点ではグリーンピースの訪問運動員としてもまだ働いていて、毎日ちがった地区や郊外を歩きまわり、そういった場所についてはすでに詳しすぎるほど詳しくなっていた。だが、毎晩エッジウォーターのストゥディオに帰ってくると、自分そのものとも呼べるその場所で、儀式のような、心安らぐ一連の行為を拡張していくようになっていた。眠りにつく前に耳を傾けたのは、薬物を摂取して街をふらつく人間の箍《たが》の外れたモノローグが、高架を通過する鉄道のガタゴトという音に包まれて時折鎮まる様子だった。朝、コーヒーを飲みながら、グランヴィル駅で高架鉄道を待っている人々を窓から眺め、いつもいる顔を見分けられるようになった。時折、ブロードウェイのショウニーズ（とっくになくなってしまった）で、朝食に散財していると（ここは私のような人間のために二ドル九十九セントで食べ放題のメニューを提供してくれていたのだ）、ウィンスロップ通りの老人ホームの入居者が、手を小学生のようにとりあいながら、口元によだれが垂れたままぞろぞろとやってきた。ジーノズ・ノースは、生ビールの銘柄が一種類しかなくて、アーティストがみんなへべれけになっていたバーだった。そこでシカゴ・ブルズが大勝するのを観戦して、腕をカウンターから持ちあげられないほどには酔ってはいなかった選ばれしお仲間とハイタッチをした。週末はロジャーズ・パークの、映画館脇のコーヒーショップでチェスを指して過ごした。よく指したのはアッシリア人のピーターという老人で、私はいつも受けの効かないポジションに追いこまれた。私は投了を申しでて、いつも同じジョークを言うのだった――「このことを書いてもいいかい？」だが、書くものなんて何も出てこなかった。私の喪失は深く、ボスニア語でも英語でも書けなかった。

少しずつだが、エッジウォーターの人々は私の存在に気づきだした。私は外で挨拶をするようになった。時がたち、個性豊かな人物がそれぞれそろった理容室や肉屋、映画館やコーヒーショップを手に入れた——サラエヴォで学習済みだったのだが、こういった場所こそが個々人の都市ネットワークの重要な結節点なのだ。私の発見は、アメリカの街を「自分のもの」と呼べる空間に変えたいのなら、地元の一界隈から始めなくてはならないということだった。じきに、私はエッジウォーターを「自分の」と言うようになった。私に地元ができたのだ。ネルソン・オルグレンが「シカゴを愛するというのは、鼻の折れた女性を愛することに似ている」と書いているのだが、(2) 意味が理解できたのもその頃だった——私はエッジウォーターの折れた鼻を愛したのだ。アーティスト・イン・レジデンス備えつけの年代物のマックで、私は最初の短編小説を英語でタイプした。

だから、戦火を逃れてきたボスニア人のうち多数が、一九九四年の春に最終的にエッジウォーターに落ち着いたのは、非常に大きな意味をもっていた。ある日、窓から外を眺めていて(ヘロインを買おうとしている人間以外はほとんど誰もいなかったのだが)、街を歩いている家族が見まごうことなきボスニア人の隊列を組んでいるのを発見してショックを受けたことがある。最年長の男性が先頭をゆっくり、あてもなさげに歩き、みな両手を尻にあて、まるで心配事の重荷を背負っているかのように前かがみになっていた。やがて、界隈にボスニア人が増えていった。こちらの慣習とは異なり、彼らは夕方に散歩をした。故郷喪失の不安はその足取りにはっきりあらわれていた。大きな、静かなグループをつくって、湖岸のトルコ風のカフェでコーヒーを飲んでいる彼らの頭上には(そのせいで店は立派なカファァナになっていた）、戦争のトラウマの暗雲と煙草の煙がたちこめていた。その子供たちは、すぐそばでドラッグが売買されていることも知らずに路上で遊んでいた。自宅の窓からも、カファナからも、外の彼らの様子がモニターできた。あたかも、エッジウォーターに私を探しに来たかのようだった。

一九九七年二月、サラエヴォに初めて帰る数か月前、ヴェバがシカゴを訪ねてきた。ヴェバには故郷をあとにして以来、会っていなかった。最初の数日間は、ヴェバの包囲下の生活の話、包囲のせいで人々に起こった恐ろしい変化の話を聞いた。私はまだアーティスト・イン・レジデンスに住んでいた。二月の寒さにもかかわらず、ヴェバは私の生活している場所を見たがり、それで二人でエッジウォーターの街を歩きまわった。ショウニーズ、チェスを指すカフェ、いまや氷に覆われた湖岸のカファナ。ヴェバは私の理容室で髪を切った。私の肉屋で肉を買った。ヴェバに私のエッジウォーター物語を話した。ビルのへりに座りこんでいた女性のこと、隊列を組んで歩いていたボスニア人の家族のこと、アッシリア人のピーターのこと。

それから二人でエッジウォーターを出て、ウクレイニアン・ヴィレッジまで足をのばし、以前住んでいた場所を見せた。バーガーキングにヴェバを連れていった。私が自分をアメリカン・サイズまで太らせた場所で、ウクライナ出身の老人たちが六十九セントのコーヒーをはさんでウクライナ政治について議論するのをよく聴いていた――私は彼らのことをアーサー王ならぬバーガーキングの騎士たちと呼んでいたのだ。ゴールド・コーストを歩いて、裕福な人々が住むマンションに、うまい具合に外から見えるようにマティスが飾ってあるのを発見した。エスクァイアで二人で映画を観た。二人でウォーター・タワーに行って、シカゴ大火について話した。グリーン・ミルで一杯やった。アル・カポネがよくマティーニを摂取していた場所で、ルイ・アームストロングからチャーリー・ミンガスまで、ジャズの巨人たちはみなそこで演奏していた。聖バレンタインデーの虐殺が起こった場所を見せた。倉庫はとっくになくなっていたが、血の匂いはまだ残っているだとかで、散歩中の犬がうなり声をあげるという都市伝説がある場所だ。

ヴェバにあちこち見せて、シカゴについて、エッジウォーターでの私の生活について話をするうちに、私の移民としての内面はとっくに、アメリカという外面と混ざりだしていたんだと気づいた。シカゴのかなりの部分は私の中に入ってきて、そこに居ついてしまっていた。いまとなっては、すっかり自分のものだ。私はシカゴをサラエヴォの目で見ていた。そしてこの二つの街が絡まりあってひとつの内面のランドスケープを創り、そこで物語が生まれていく。一九九七年春、初めてのサラエヴォ訪問から帰ったとき、帰ってきたシカゴは私に合っていた。故郷から、故郷に戻ってきたのだ。

私がなぜシカゴから出ていこうとしないのか、その理由
——網羅的ではない、ランダムなリスト

1．夏、夕日の中を西へとドライブ。太陽がまぶしくて、前方の車が見えない。無骨な倉庫や自動車修理工場はオレンジ色に燃えている。太陽が沈むと、周囲の光景も深みを増す。煉瓦造りのファサードは青みがかった色になる。地平線には木炭で汚したような黒ずみがある。空も街も果てしない。どこを見ても西なのだ。

2．冬、高架鉄道のグランヴィル駅で人々が、温かい電灯の下に群がっている様子は、ブロイラーが白熱灯の下にいるのとそっくりだ。過酷な自然によって強いられた人間の団結のイメージ——シカゴと文明の物語。

3．ウィルソン・ストリートのビーチのアメリカ的なだだっぴろさ。カモメやトンビが上空を漂い、犬は虚空に吠えながらぎざぎざの波打ち際を疾駆し、街の悪ガキどもは自家製のドラッグに耽り、遠

方の船には一瞥もしない――イングランドのリヴァプールからインディアナ州ゲーリーにむかって神秘なる航海の途中なのだが。

4．九月になると、街中で日の光が差しこむ角度が一変し、何もかもが、誰もかもが輝いて見え、事物の角が和らぐ。夏の猛暑は過ぎ去り、冬の酷寒はまだ訪れず、ひとびとは都市の日持ちのしない柔和さに浴している。

5．フォスター・ストリート・ビーチのバスケットボール・コートで、彫刻のような筋肉の男がプレイするのを、まるまる一ゲーム見たことがある。ドリブル、シュート、口喧嘩、ダンク――そのあいだじゅうずっとトゥースピックをくわえたままで、唾を吐くときにしか口元から離さなかった。長いあいだ、彼は私にとってシカゴ・クールのヒーローだった。

6．冬の寒さが例年以上に厳しく、湖がしばしば凍りつくと、背の高い氷が湖岸を取り囲む――氷がさらなる氷によって陸地に押し上げられるせいだ。ある凍える日、このプロセスが、何億年も前に地殻プレートが互いに押し合って、山脈が形成されたのとそっくり同じだと気がついて慄然としたことがある。この悠久なる太古よりつづくプロセスは、ごちゃごちゃしたレイクショア・ドライブを抜けていくドライバーの目には残らずはいっているはずだが、短気がゆえにほとんどが前方を見て、毛ほども気にかけていない。

7．夜になると、エッジウォーターやロジャーズ・パークの高層ビルからずっと西方が見わたせる。オヘア空港の上空で航空機が滞空し、かすかな光を発する。一度、母が訪ねてきたとき、二人で一晩中暗闇の中に座って——フランク・シナトラを聴きながら——飛行機を見ていたことがある。飛行機は、この世界に対するとめどない驚きの念にうたれて呆然とするホタルに似ていた。

8. セレブリティの慶賀すべき少なさ——ほとんどが高給をとりすぎた負け犬アスリートだ。オプラ・ウィンフリーとか『フレンズ』の誰かとか、[1] 私が名前を知らないような、今は思い出せないような多くの人々は、みんなニューヨークだかハリウッドだかリハビリ施設だかに出ていってしまった——そこで彼らは、つつましいシカゴ出身という偽のバッジをつけることができるが、一方でわれわれは、雑誌の一面を飾るような空虚な生活には一切かかずらうことなく、それを主張できる。

9. 過酷な冬を奇跡的に生きのびた、ハイド・パークのインコたちは、頑なに滅びを拒む生命の色鮮やかな見本だ——それはシカゴを厳しくも偉大にしたある種の本能のようなものでもある。実際には一度もお目にかかったことがない。インコたちが架空の存在かもしれないという可能性は、ものごとをさらによくしてくれる。

10. アドラー・プラネタリウムから見える、夜のダウンタウンのスカイライン——暗い建物に灯る窓の明かりが、暗い空を縁どっている。星を四角にして、シカゴの夜の分厚い壁に貼りつけたかのようだ。無慈悲なる人生をも抱えこんだ冷たい、非人間的な美しさ。それぞれの窓には物語の可能性が——内側では移民が、ビル清掃の遅番を務めている。

11. 北西の風が吹き、凍てつくような空模様で、かすかに泡立つ湖の緑灰色。

12. 夏は、日も長く湿気も高くて、街は汗でワックスがけしたかのようだ。空気は蜂蜜入りの紅茶のようにねっとりと暖かい。ビーチは家族連れでいっぱいだ。父親たちはバーベキューに、母親たちは日光浴に精を出し、子供たちは湖の浅瀬で低体温症になりかかっている。たちまち寒気の波が公園を襲い、生きとし生けるものは洪水に呑まれてしまう。そしてだれもが、どこもが活力を失う（シカゴの夏の日は当てにならない）。

13. ハードロックカフェのシャツを着ているからそれとわかる、いかにも強盗に狙われそうな郊外住みの住人が、ショッピングエリアやエンターテインメントエリアの外に出ていることに気づかずに街を流している。建築ツアーのスピードボートに乗った観光客が、いまにも略奪をはじめそうな海賊のような目つきで聳《そび》え立つビル群を見上げている。橋は半分ずつ左右対称に跳ね上げられ、馬上試合の槍のようだ。大道芸人《ストリート・パフォーマー》がリグリー・ビルの前で「キリング・ミー・ソフトリー」をチューバで吹いている。

14. 毎年三月になると、カブスのファンはこう言いだしはじめる――「今年こそいけるかもしれない！」――夏も近づいてくるとあっさり裏切られる妄想だ。そのころにはカブスはプレーオフ進出の可能性さえも数字上失っている。この絶望的な希望は、春を告げる風物詩でもあり、「樹々の葉が萌える」というただそれだけの理由で、[2]世界は自らの過ちを正し、呪いを解くにちがいないという無邪気な通念を示すものである。

15. 二月の暖かい日、行きつけの肉屋に居合わせた人々みなで、猛吹雪になる差し迫った可能性についてわいわい議論していると、一九六七年の大吹雪が思い出された。レイクショア・ドライブに放置され、雪に埋もれた車。難民のように重い足取りでブリザードの中を仕事から家路につく人々。ミルクトラックのサイド・ミラーの高さまで街に積もった雪。街の記憶には多くの災害の記憶が刻まれており、結果として、「大邸宅を四軒所有している悪漢が、人目を惹く犯罪を犯して命を危険にさらす」（ソール・ベロー）ことにシカゴ市民《シカゴアン》が抱く敬意と誇りにも似た、(3)奇妙に高揚するノスタルジアが生まれる。

16. 夏の夜、パキスタン人やインド人の家族は、デヴォン・アヴェニューを厳《おごそ》かに行ったり来たりしている。アップタウン地区のベンチに鈴なりになったロシア系ユダヤ人の年配の夫婦は、時代遅れのトランジスタラジオの雑音にも負けじと、軟音化した子音でゴシップをさえずっている。ピルセン地区のヌエボ・レオン・レストランは、日曜の朝食を食べにきたメキシコ人家族でごったがえしている。ハイド・パークのディキシー・キッチンで、席が空くのを待っているアフリカ系アメリカ人の家族づれは、教会に行くので着飾っている。センン高校のピッチで、サンダル履きでサッカーをしているソマリア難民たち。バックタウン地区住まいの若い母親は、背中にヨガマットをバズーカのように背負っている。この街には日常生活が星の数ほどもあり、その大半には語るに値する物語が一つか二つはある。

17. 夜のモントローズ港から眺める、レイクショア・ドライブを逆向きに流れる赤い川と白い川。(4)

18. 風。グラント・パーク湾に停留中の帆船は上下に揺れ、マストのワイヤーがヒステリックにカチャカチャと音を立てている。バッキンガム噴水の上の方は水が派手に砕けてしまっている。ダウンタウンのビルの窓はガタガタ揺れている。頭を肩のあいだにひっこめるようにしてミシガン・アヴェニューを歩く人々。ぱたりと人通りが絶えた街に残っているのは、着ぶくれした郵便配達員と、枯れ果てた街路樹の枝ぶりにはためく、ぼろぼろの旗のようなビニール袋だけだった。

19. ビヴァリー地区の堂々とした邸宅。寒々としたプルマンの連棟住宅。ラサール・ストリートの渓谷《キャニオン》の荒涼としたビル群。(5) 古いダウンタウンにあるホテルのけばけばしい美。傲然たるシアーズ・タワーとハンコック・センター。趣のあるエッジウォーターの家並。ウェスト・サイドの悲しみ。アップタウン地区の劇場やホテルの古寂《ふるさ》びた壮麗さ。ノースウエスト・サイドの倉庫と自動車修理工場。誰も注意を払わない、誰も記憶に留めない何千もの空き地や消えた建築物。どの建物も、街の物語の一部である。物語のすべてを知っているのは、街だけだ。

20. シカゴが、スタッズ・ターケル(6)が一生を過ごしてもいいと思える場所だったなら、私にはそれで十分なのだ。

神が存在するのなら、堅忍不抜のミッドフィールダーにちがいない

まず、私のことについて少々——といっても私自身は重要ではないのだが

ボスニアの基準では、私はスポーツマンだった。長年にわたって毎日一箱半の煙草を吸い、十五歳という円熟期に差しかかると一杯やりはじめ、完全に赤身肉と脂肪一辺倒の食事だったにもかかわらず、週に一、二度サラエヴォの砂利道や駐車場でサッカーで遊んでいたのだ——記憶を遡れないほどの昔からずっと。だがシカゴに着いてすぐ、ワッパーとトゥインキー由来の栄養のせいで増加した私の体重は、何度も禁煙しようと苦しんだせいもあって悪化の一途をたどった。そのうえ、一緒にサッカーができるような知り合いも周りにいなかった。グリーンピースの友人たちはマリファナを巻くのが運動だと思っていて、時折ゆるいソフトボールの場を設けるだけだった。スコアは一切つけなかったが、みなのびのびプレーしていた。私はルールは一切把握できなかったが、頑なにスコアをつけよ

うとした。

　サッカーができないせいで私は苦しんだ。まだ若かったから、健康のことをそれほど気にしていたわけではなかった――サッカーをすることは、私にとって人生を楽しむことと密接な関係があったのだ。サッカーがなければ、精神的にも肉体的にも勝手がわからなくなってしまうのだった。一九九五年夏の土曜日、シカゴのアップタウンの湖畔の芝生で自転車に乗っていると、ウォーミングアップをしたり、ボールまわしをしたりしながらゲームが始まるのを待っている人がいるのを見つけた。どうやらリーグ戦の準備をしているようだったが、参加するにはチームにメンバーとして登録しなくてはならない。だが、断られたら気まずいなとか考えるより先に、チームに入れないかどうか訊ねていた。いいよ――そう言われて、私は永遠とも思われる三年間を経てやっとボールを蹴ったのだ。ついにサッカーをしたその日、私の体重は二十五ポンド増え、デニムのカットソーを着て、バスケットボールシューズをはいていた。すぐに内ももの筋肉を伸ばしてしまい、足裏には水ぶくれができてしまった。でしゃばらずにディフェンスに徹し（本当はフォワードをやりたかったのだが）、チームで一番足が速くていい選手の指令に厳密に従った――彼の名はフィリップで、後でわかったのだが、ソウル・オリンピックの四×四百メートル・リレーのナイジェリア・チームの一員だった。試合が終わったあと、また参加させてくれないかとフィリップに頼んだ。あいつに聞きなよ、と言ってフィリップはレフェリーを指した。白黒の縞模様のシャツを着たレフェリーは、自分はドイツ人だと言った。毎週土日には試合があるから、いつでも来てもいいよと言ってくれた。

チベットのキーパー

ドイツ人は実はドイツ人じゃなかった――エクアドル出身だった。だが、父親がドイツ生まれで、それで名前（ヘルマン）とニックネームがそうなったのだ。UPSのトラックドライバーとして働いていて、四十代中盤で、日焼けし、髪をきっちりオールバックにして口髭を生やしていた。毎週土日の二時に、彼は湖畔にぼろぼろの、二十年物のバンでやってきた。バンにはサッカーボールの絵と、「ボールを蹴って、よい一日を」ということばが描かれていた。（プラスチック・パイプ製の）ゴールポストとネット、単色のTシャツの詰まったバッグ数袋、ボールを積み下ろした。彼は集まってきた仲間にシャツを配り、ごみ箱の上にボードを載せ、その上に、ちゃちなカップやトロフィー、様々な国の国旗、スペイン語放送でがなりたてるラジオなんかを並べた。ほとんどのプレイヤーはアップタウンとエッジウォーターに住んでいて、メキシコ、ホンジュラス、エルサルバドル、ペルー、チリ、コロンビア、ベリーズ、ブラジル、ジャマイカ、ナイジェリア、ソマリア、エチオピア、セネガル、エトルリア、ガーナ、カメルーン、モロッコ、アルジェリア、ヨルダン、フランス、スペイン、ルーマニア、ブルガリア、ボスニア、アメリカ、ウクライナ、ロシア、フランス、ベトナム、韓国などの出身だった。チベット出身もいて、腕のたついいキーパーだった。

通常、二チーム分以上の人が集まったので、全員交代しなくてはならず、一試合は十五分か、片方が二点取るまでだった。試合は真剣そのものかつ、激しいもので、それというのも、勝ったチームは次の試合もフィールドに残り、負けたチームは次の番が来るまでサイドラインで待たなくてはならなかったからだ。ドイツ人は審判をしたが、ほとんどファウルを宣告することはなかった。サッカーでハイになりでもしたのか、試合をうつろな瞳で眺めていた。骨が折れる音が聞こえなければホイッスルを吹かんぞ、とでもいう風情なのだ。時々、プレイヤーが足りないと、レフェリーをしながらプレイすることもあった。こんな場合、彼は特に自分に厳しく、ラフなタックルを一度したという理由で自分にイエローカードを出したこともあった。私たち――この国でなんとか暮らしていこうとする移民たち――は自分で決めたルールを守ることが心地よかったのだ。自分たちがまだ、アメリカよりもはるかに広い世界の一部であるような気分にさせてくれた。みなが出身国に由来するニックネームで呼ばれた。当座のあいだ、私はボスニア人で、コロンビア人とルーマニア人と一緒にミッドフィールドでプレイしたものだ。

サッカーがしたくてうずうずしていたし、遅刻したら輪に入れないのではないかという頭もあり、私はよく一番に着いた。ドイツ人がゴールをセットするのを手伝い、ほかの人たちにまじってサッカーのことを話したりしてだべっていた。彼の魔法のバンにはアルバムが積んであって、一緒にプレイした人々の写真が保管されていた。中には知った顔がいたが、今よりもずっと若かった。うちのひとりはブラジル人と呼ばれていたが、本人の話ではドイツ人とはかれこれ二十年以上サッカーをしているそうだった。ドイツ人は最初からここを取りしきっていたんだが、ドラッグやら飲酒問題やらで、ある時から数年間離れていたんだ。でも奴は戻ってきた――ブラジル人は言った。私はこの国に着いてから初めて、ここに住んでいても、他人と過去を共有できるのだとわかった。

なぜドイツ人が一切を取りしきっているのかははっきりしなかった。私自身、自分のことをかなり忍耐心の強い人間だと思ってはいるが、毎週末サッカーの試合をセッティングしてレフェリーもやり、暴言やその他暴力行為を浴びせられ、ゴールを解体したり、誰もいなくなってからバンに積みこんだり、それからこの世の汗という汗を吸いこんでぷんぷん匂うTシャツを大量に洗濯するなんて想像だにできない。ドイツ人がいなければこんな草サッカーは無理なことだけははっきりしていたが、彼は一切の見返りを求めなかった。

私はドイツ人の理解しがたい寛大さに、長らくつけこんでいた。冬になるとよく、ピルセン地区の教会のジムで試合をしたが、私の自転車では行けない場所だった。彼の不格好な「ボールを蹴って、よい一日を」バンに載せてもらって、ロックがかからない助手席のドアをずっと押さえていた。帰り道は命の危険を感じることも少なくなかった。ドイツ人はまたサッカーを無事に終えられたことをビールを二、三本空けて祝いたがったからだ――バンには常に補充を欠かさないクーラーボックスが積まれていた。車を走らせつつ、ビールをすすりながら、ドイツ人はのべつ幕無しに話しつづけた。話題は自分が一番好きなチームのことや（一九九〇年のワールドカップのカメルーン代表）、仕事を辞めてフロリダに引っ越したあとに草サッカーのセッティングを引き受けてくれる後継者探しのことだった。ぴったりの人間を見つけるのはなかなか難しいようだった。引き受けるだけのガッツのあるやつはほとんどいないから、とドイツ人は言っていた。私には一切声がかからなかったので、ガッツがない自分にはそんなことはできっこないとわかってはいたが、ほんの少しだけ傷ついた。

一度、寒風吹きすさぶシカゴの街を血の凍るような運転で家路を急いでいる途中、なんだってこんなことをやっているんだと訊いてみたことがある。神のためにやっているんだよ、と彼は言った。神がひとびとを集め、愛を広めるようにと命じたんだよ。だからこれは使命なんだ。私は彼が勧誘してくるんじゃないかと思って、落ち着かない気分になり、それ以上のことは訊かなかった。だが、ドイツ人は他人に宗教について訊くこともなく、自分の信仰についてペラペラしゃべることもなく、勧誘してくることもなかった。彼のサッカーへの信心は絶対だった。ほかの人間はゲームを信仰していればそれで十分だったのだ。引退したら、フロリダにわずかばかりの土地を買って、教会を建て、その横にサッカーのフィールドをつくるんだと語ってくれたことがある。彼は余生を伝道に捧げるつもりだった。説教のあと、信徒はサッカーをし、彼がレフェリーをするのだ。

この会話をしてから数年後の夏の終わりに、ドイツ人は引退した。彼が湖畔に出てくるのをやめる前のある週末、私たちは汗だくになってプレイした。みながいらいらしていた。大きさがハチドリほどもあるハエが貪欲に飛び回っていた。フィールドは固く、湿度は高く、意識は低かった。何度か取っ組み合いも起こった。レイク・ショア・ドライヴ沿いの高層ビルのスカイライン上空が暗くなり、雲の中で雨が湧きたち、吹きこぼれる寸前になった。そして寒冷前線が直撃し（特大のクーラーボックスの蓋を開けたやつでもいたのか）、突然雨が降り出した。こんなのは見たことがなかった。フィールドの片側からはじまった雨は、ワールドカップのドイツ代表チームみたいに、反対側のゴールを目指して着実に前進していった。私たちは散り散りになって雨から逃れたが、すぐに追いつかれてびしょ濡れになってしまった。猫の目のように変わる天候の闇雲な力、その凶暴なまでの気まぐれさ加減にはどこか恐ろしいものがあった――それほどこちらの意志や意向など一切お構いなしに、雨は波のように押し寄せたのだ。

大洪水を逃れる方舟を目指すかのように、私はドイツ人のバンめがけて走った。車にはすでに数名が集まっていた。ドイツ人、ベリーズから来たマックス、チリから来た男（以下チリ人とする）、ドイツ人のメカニックを担当していたロドリゴ――彼のおかげでバンは奇跡的に二十年以上生きながらえた。そしてロドリゴの連れの、シャツを脱いで胸をはだけた、陰気な男――英語がまったく話せないようで、クーラーボックスの上に座って、時折ビールを配っていた。私たちはバンを避難所にした。雨が屋根に打ちつけるガタガタという音を聞いていると、あたかも棺桶に閉じこめられ、上からショベルで土を落とされているような気になった。

私はドイツ人にフロリダに行ってもサッカーをするメンバーを見つけられそうか訊ねた。だれか見つかるさ――ドイツ人は言った――ただ与えて、何も求めなければ、だれかが引き受けてくれる。なにか閃いたのか、突然チリ人がニューエイジ的な定型文の引き写しみたいなことをぶつぶつ言いだした――無条件降伏がどうだとかそんな戯言を。フロリダの人間なんて年寄りばかりだから走れないだろう、と私は言った。年寄りだとしても――ドイツ人は言った――永遠に近い場所にいるっていうことだから、希望と勇気が必要なんだ。サッカーは永遠の命に至る道なんだ。

私は無神論者で、虚栄心も強く、疑り深い。ほとんど与えず、多くを期待し、それ以上に多くを求めている――彼の発言は私にはあまりにも困難で、ナイーヴで、物事を単純化しすぎているように聞こえた。実際、あんなことが起こらなければ、それは困難で、ナイーヴで、物事を単純化しすぎているように思えたままだったろう――。

ハキーム――どうにかして毎日サッカーをして暮らしているナイジェリア人――がびしょ濡れになってバンに駆け寄ってきて、鍵《キーズ》を見なかったかと訊いた。正気かよ――私たちは言った（そうこうしているうちに窓から雨が注ぎこまれてくる）――この世の終わりみたいなときに、鍵《キーズ》なんてあとで探しなよ。子供《キッズ》だ――ナイジェリア人は言った――子供を探してるんだ。それからハキームが雨の中を走っていって、おびえて木の下に隠れていた子供二人と合流するのを見た。グレーのカーテンのように降りしきる雨の、その影のようにハキームが動いたかと思うと、子供らはコアラみたいにハキームの胸元にぶらさがっていた。しばらくすると自転車道に、ララス（アメリカ人のサッカー選手にちなんだあだ名）が、車椅子の妻のかたわらに立っていた。彼女は進行の速い、重度の多発性硬化症を患っており、雨から逃げようにも満足に動くことができない。二人は肩を寄せてたたずみ、この災厄が終わるのを待ちつづけていた。ララスはアップタウン・ユナイテッドのTシャツを着て、妻は段ボール紙の下にいたが、雨でゆっくり、跡形もなく溶けてしまった。チベット人のキーパーとそのチベット人の友人たち（その日より前には一度も見たことがなければ、その日の後にも見なかった）は、フィールドでサッカーをしていたが、地面は完全に水没し、流れの緩やかな川の水面をスローモーションで走っているみたいだった。地面からは水蒸気が立ちのぼり、もやが足首を捕らえ、時折洪水の上を浮遊しているようにも見えた。まるでなにも悪いことなんて起きていないような風情で、ラウスと妻は落ち着き払ってその様子を見ていた（あのあと、彼女は亡くなった——誰かが彼女の霊を休ましたまわんことを）。二人はチベット人がゴールを決めるところを見ていた——雨で重くなったボールがキーパーの両手のあいだをすり抜けたのだ。キーパーは水たまりの中に尻もちをついた——それでも泰然として微笑んでいる——私のいる場所からは、彼はダライ・ラマその人と見まがうばかりだ。

ええと、紳士淑女《レディース・アンド・ジェントルメン》の皆さん、これがこのちっぽけな物語のすべてだ。チームスポーツをする人間にはたぶん馴染みのある、あの滅多に訪れない超越的な瞬間。チームメイトがみなフィールド上の理想的なポジションにいるときに、混沌としたゲームの中から首をもたげるあの瞬間。全宇宙が己のものではない、何かの意志の下にあるかのように思えるあの瞬間。パスを通したときにはもう——ほとんどがそうだ——消滅しているあの瞬間。そして周囲の全員、すべてと完全にひとつになったかそけき瞬間の、曖昧で身体的な、途方もない快楽の記憶だけが残されるのだ。

パティナ

ドイツ人がフロリダに行ってしまったあとも、私はアップタウン地区の南のベルモントにある公園でサッカーをしていた。集まる人間はまったく違った。ヨーロッパ系が多く、完全に同化したラティーノに、アメリカ人が少々といった割合だった。よくあったのはこんなことだ――私が入れこみすぎて、チームメイトにポジションから離れるなとか、チームのためにプレイしろとか要求しだすと、誰かから「リラックスして、単なるエクササイズなんだから……」と言われる。すると、本来プレイすべきようにプレイできないなら、そんなのやめちまったほうがいいし、さっさと出ていってクソみたいなトレッドミルの上で走っていればいいみたいなことを私も言いだしかねない。アップタウンのプレイヤーは誰もそんなことは言ってこなかった。リラクゼーションは私たちのサッカーに一切入ってこなかった。

ベルモントに集まる人々にリドがいた。七十五歳のイタリア人だ。どんなにゆっくり出したボールにも追いつけなかったので、彼を入れたチームはプレイヤーとしては勘定に入れなかった――私たちは、どうせ大した影響はないという仮定のもと、ピッチ上に彼が存在していることを黙認しただけだった。五十すぎの人間にはありがちだが、リドは自分の身体能力を完全に見誤っていた。彼は自分のことを、昔と同じくらいすぐれたプレイヤーだと心の底から信じきっていた――五十年ほど前にはそうだったのかもしれないが。ヘディングをすると目元までずり落ちてしまうみじめなかつらを欠かさず身につけたリドは、ボールをロストしたあとには、自分にいかにすばらしい意図があったのか、周囲のミスがいかにひどいかをぐちぐち言いだしがちだった。リドは善良な、礼儀正しい人物だった（彼は二〇一一年に亡くなった――誰かが彼の霊を休ましたまわんことを）。

私は参加させてもらえない可能性に終始苛まれていたので、公園に早く顔を出す習慣を身につけたままだった。リドはそばに住んでいたので、しょっちゅう一番乗りしていた。時折、ゲーム前の雑談を避けるため、さりげなく公園の離れた場所に隠れているアメリカ人のプレイヤーがいるのを見て、リドがいらいらしていることがあった。一体、どんな人間なんだろう？　リドは不平をこぼしていた。なにを怖がってるんだ？　こんなことイタリアではなかったぞ――彼は言った。リドは元々フィレンツェの出身で、フィオレンティーナの紫のジャージを着ているのが自慢だった。イタリアでは――彼は言った――みんないつでもよろこんで話しかけてきて助けてくれるんだよ。迷って道を訊こうものなら、店や家をほっぽり出して行きたい場所まで案内してくれる。イタリア人は感じがよくて礼儀正しいのさ。あんなんじゃない――そう言ってリドは、シャイなアメリカ人が身をすくめている茂みのほうにむけて、ああ嫌だといった風情で手を振るのだった。イタリアにはどれくらい帰ってるのと訊くと、そんなにはという答えだった。フィレンツェでは格好いいフェラーリに乗っていて、周囲の人間の嫉妬を買っていたという。純然たる悪意からホイールが盗まれたり、ウィンカーが割られたり、ドアを釘で引っ掻かれたりした。イタリア人は感じが悪いから帰りたくないんだよ、とリドは言った。少し前の発言ではイタリア人は信じられないぐらい感じがいいと言っていたことにこちらがさりげなく触れると、リドはうなずいて、「そうだ、そうだ、とても感じがいい！」と叫ぶので、私はあきらめた。リドの頭の中では二つの相互に排斥しあう考えが矛盾なく共存しているようだった――この資質は（はっと閃いたのだが）芸術家には珍しいものではない。

リドがシカゴに来たのは五〇年代だった。フィレンツェでは、リドは兄と一緒にルネサンス期のフレスコ画や古い絵画の修復業をしていたが、どうも二束三文にしかならなかったようだった。アメリカに着いてから、こちらには修復が必要な絵画がたくさんあるのがわかって、ビジネスをはじめた。以来かなりうまくやり、人生を心ゆくまで謳歌《おうか》することができた。若い、はっとするような美人を一人か二人、腕にぶら下げて歩いているところや、アメリカ用のフェラーリを乗りまわしたりしているところを目撃されていた。美人だけじゃなく、リドは妻を何人も取り換えた。直近の妻は十八歳かそれくらいで、メキシコの小さな町からやって来たメールオーダーブライドなのではという噂がたっていた。

一度、アメリカ人が内気を克服するのを待っているあいだ、リドは素人や馬鹿が、修復という口実で、システィーナ礼拝堂の天井の、ミケランジェロの傑作をいかにだめにしてしまったかを説明してくれた。この件について私は途方もなく無知だったが、リドは奴らがやらかしたへまについて一から教えてくれた——たとえば、フレスコ画から古色《パティナ》を落とすために溶剤とスポンジを使ってしまったのだ。リドはどうなるか想像してみてくれと言った。私はそうした。言われるがままに想像力を働かせ、哀れなミケランジェロがスポンジでごしごし拭かれているところを思い描いた。リドはすっかり頭に血がのぼっていたので、その瞬間、ミケランジェロをスポンジと溶剤で洗うことは確かに罪深い行為のように思われた——私の想像上の神は生っ白くて全知全能にはほど遠く、並の力さえ残っていそうもなかった。

だが、修復を担当していた馬鹿どもは――リドは話をつづけた――ミケランジェロの天地創造を台無しにしてしまったことにやっと気がついて、直しに来てくれと助けを乞うてきたんだよ。助けに駆けつける代わりに、リドは罵詈雑言《ばりぞうごん》を五頁ほども書きつらねて送った。内容は突き詰めると、スポンジと溶剤をケツの穴に突っこみやがれということだ。わかってないのは――リドは言った――古色《パティナ》はフレスコ画の大事な要素なんだよ。システィーナ礼拝堂の天井に全能の神が造った世界は、モルタルに絵がしっかりと染みこみ、原初の宇宙が沈んだ色合いになるまで未完成なんだ。神が天地を創造したのは晴れの日じゃなかったんだ――リドは怒鳴った。パティナがなければゴミ同然だよ。

話をしているあいだ、リドは自分のサッカーボールの上に座っていた(空気を入れすぎた四号)。義憤を募らせるあまり、彼はバランスを崩し、地面に転げ落ちてしまった。彼が起きあがるのを助けたとき、彼の肘の、しわがよって、すっかりくたびれた皮膚を感じ、人間の古色《パティナ》に触れた。

それからおとなしいアメリカ人がやっとのことで茂みから出てきて、残りの参加者が到着すると、リド――ミケランジェロとその天地創造に敬意を欠くようなことがあれば、個人的な侮辱と受けとる人物――は見事なゴールを決めるべく、いつも通り攻撃のポジションについた。

リドを創造した人間が誰であるにせよ、満足したに違いない。リドは完成に至った稀なる人間のひとりだった。私をふくむほかの人間は、埃にまみれ、天候に打ち負かされ、古色を蓄えたりして、ただ無条件に存在する権利をなんとか得ようとする以外に選択肢はなかった。そしてその日、リドにパスを出したとき――どうせミスキックになるし無駄だとは重々承知だったが――胸に心地よい、ひりつくような感覚があった。それは自分よりも大きく、すぐれた存在と繋がっているという感覚であり、サッカーをエクササイズかリラクゼーションだと思っている人間には決して辿りつけないものだった。

グランドマスターの人生

1

チェスを何歳で覚えたのか、はっきりした記憶はない。八歳よりも上ということはないだろう。側面にはんだごてで「サーシャ・ヘモン　1972」と、父が刻印してくれたチェス盤をまだ持っているからだ。チェスそのものよりもこの盤の方が好きだった――自分の所有になった最初のもののひとつだったのだ。私を魅了したのはこの物質性だった。焼けた木の香りが、父が刻印をしたあとも長いあいだ残っていた。ニスを重ね塗りした駒が中に入っていて、かたかた鳴った。駒を盤に置くと、盤の、中空になった木に響いて小気味のいい音がした。味すらも思い出せる。クイーンの先端はしゃぶるのにちょうどいい。乳首に似ていなくもないポーンの丸い頭は甘かった。盤はサラエヴォの家にまだ置いてある。何十年もその盤で遊んでいないが、いまだに一番愛着のある持ち物で、かつて私だった少年がそこに生きていたという、議論の余地ない証拠になっている。

まさにその刻印入りの盤で、父と私はいつも遊んでいた。駒を並べるのは私の役目だったが、その前に父が黒と白の駒をひとつずつ拳に握って、どちらかを選ばせてくれる。たいてい、黒い駒を握った手の方を選んでしまうのだが、私が交渉しようとすると撥《は》ねつけられた。そして指し、負けた——いつも、いつまでも。母は、父が私に絶対に勝たせないので抗議した。母は、子供が成功するためには勝利のよろこびを知る必要があると思っていたのだ。逆に父は、人生のすべては勝ちとらなくてはならず、勝利への渇望はそれを常に助けると、固く、容赦なく信じていた。エンジニアとして、感情を交えない理性を信仰していた父は、悪戦苦闘の末獲得された知識の確かな恩恵を信じていた——私の場合、悪戦苦闘の部分しかなかったとしても。

当時は認めなかったが、私は父のひそかな励ましを必要としていた。つまり、父に勝たせてほしかったのだが、そのことをこちらに気取られずにやってほしかったのだ。私には一、二手先しか読めなかった（私が好きなスポーツはサッカーやスキーで、極限の一瞬のうちに即興で判断するものだった）。私はいつも大ポカをし、キングを無防備に孤立させてしまうか、今にも処刑されそうなクイーンを見落としているのだ。父の仕掛けた罠にいちいち落ちることにかけては自信があり、さらなる屈辱を味わうことを免れるためなら早すぎる投了も辞さなかった。どうして負けたのか、過ちをいちいち指摘され再現させられるので、どのみち屈辱は避けられないのだが。父は私を、集中してチェスを考えるようにせきたてた——その延長で、ほかのすべてのことを徹底的に考えるようせきたてた。人生、物理学、家族、宿題。父はチェスの入門書をくれた（よりによって、イシドラの父親が書いたもの）。そしてラスカー、カパブランカ、アリョーヒン、ターリ、スパスキー、フィッシャーなどなどといった偉大なグランドマスターの指したゲームを一手一手、分析した。父は辛抱強かったが、私が冴えた序盤戦術《オープニング》や軽妙な捨て駒《サクリファイス》の偉大なる可能性に気がつくことはめったになかった。父は、チェスという不思議と居心地のいい建造物をつかって、私を地平線の彼方まで連れだそうとしたのだ――私にとってはそんなのは、蜃気楼がごとくじれったい未来でしかなかった。グランドマスターのゲームを鑑賞するのは学校のお勉強のような感じがした――ときに興味をそそられることはあったが、たいていは頭をぎりぎりと締めあげられるようなのだ。それでもひとりでチェスの勉強をして、簡単な嵌め手をひとつふたつ覚えて、次のゲームで父親を驚かせてやろうとした。ところが、自分の抽象的思考力の低い天井にすぐに頭をぶつけてしまうのがいつもの落ちになった。カパブランカやアリョーヒン、フィッシャーなんて誇大妄想にとり憑かれた世捨て人のように思えてきてどうしようもなかった。私はまだ作家ではなかったし、芸術家が全身全霊を捧げてなぜにっちもさっちもいかないほど社会不適合な芸術を生みだしたのか、理解できなかったのだ。そして私の周囲の世界には、気晴らしが数限りなくあった――かわいい女の子、小説、漫画、集めはじめのレコードコレクション、窓の下では近所の少年たちが運動場から口笛を吹いてサッカーに誘ってくる。

しかし、同い年のほかの子供と比べると、私はチェスが苦手というわけでは全然なかったのだ。友人と指すチェスは、ポカや見落としの連続だったが、勝つこともよくあった。私たちはチェスを、ほかの遊びと同じように遊んでいた。手軽に転がりこむ勝利を見境なく追い求めつつ、もう次にすることで頭がいっぱいだ。私は考えることよりも勝つことが好きだったし、負けるのは全然好きじゃなかった。なんとか標準的なオープニングや戦法を一通り身につけると、失着を減らして、対戦相手を出し抜くことができた。そこで、教科書通りの罠にまんまと嵌ってくれ、やけくそになって自滅してくれる相手を探した。華麗な手筋《コンビネーション》が放つ気宇壮大な美よりも、煽りあいのほうが私にとってはずっと大事だった。

第四学年のとき、学校対抗の競技会に出るチェスチームを選抜するため、学内トーナメントが開かれた。私は登録した。私は自分一人で挑戦してみたかった。だが愚かにも、父に話してしまったので、対局がある土曜日の朝、父はついていくと言い張った。実はチェスにそれほど関心がなかった先生に、父は机を並べ替えたり、盤を配置したり、スコア表を作成したりすることを強要した。父はひどく夢中になっていた——それだけでなく、夢中になっていた唯一の親だった。小さな机と椅子が備え付けられた四年生の教室で、父は巨人のように仁王立ちしていた。だれの父親か、知らないものはいなかった。

じっと背中を見つめてくる父の影に脅かされなければ、私がそのトーナメントでもっとうまくやれていた可能性は高い。私は父の視点から、あらゆるミスと読み筋を思い描こうとして盤を見つめつづけたが、なにも見えなかった。勝ち運なんて、たいてい相手のミスと表裏一体なので、なんとか数試合勝つことができた。どうやら父は、私よりも他の子供たちの方に気を取られていた。黙ったまま指導者然として立っていたので、周囲を怖がらせていたようだが。

どうにかして、私はチェスチームにもぐりこんだ。二、三週間がたち、盲学校の子供のチームとの対抗戦のために、バスでナジャリチにむかった。近郊の町だったが、当時の私にとってはほとんど別の都市だった。私は八人同士の対抗戦で五将だったが、四人しか必要でないことが判明し、視覚障碍者が通うぼろぼろの学校の陰鬱な廊下をぶらぶらし、たまに目の見えない子供たちが私のチームメイトをぼろぼろに粉砕しているのを見物して一日を過ごした。あれだけ指したがっていたはずなのに、その虐殺を見たあとでは補欠でよかったと思った。眉をひそめた視覚障碍者の子供たちはチェス盤に身を乗りだして頭を振り、駒をつかむと、盤のマス目のくぼみを手探りして、駒の裏についた突起を差しこもうとしていた。

私は、対局中の盲人の精神空間をイメージしてみようとした――その内的世界にはコンビネーションも、攻撃ラインも、防御陣地も、ありとあらゆるものが（間違いなく！）くっきりした輪郭をもって描かれているはずだ。だが、かわりに私が見たものは――そして盲人が決して見ていない（と私が思った）ものは――陳腐とも呼ぶべき物質的現実の、議論の余地のない堅固さであり、眼に見えるものが持つ避けがたいモダリティだった。その線を超えては、なにひとつ見えなかったのだ。十歳の男の子だった私は、外的世界でのびのび生活し、内面にこもるとすれば読書をしているときぐらいだった。この手垢のついた、頑固な具象性に縛られた世界というやつは、私を抽象空間の内部で考えさせるに足るほどには浮遊しなかったのだ。たとえば父と指すと、相手の肉体の存在感のせいでひどく気が散るのだ。私にはゲームを、互いの関係性やなんやかやといったものから切り離すことができなかった。父のひざが、強迫的な足の動きに跳ね上げられてぴょんぴょんと動いている。大きな手からは親指が力強くにゅっと伸び、打ち負かしてやろうという意思をもって駒を動かしている。私にはまったく見えない決め手を発見すると父はうなずいた。台所から漂ってくる食べ物の匂い。母が地平線上に佇《たたず》み、私を詰まさないでやってくれと――もう何度目か――懇願している。すると父は私を詰ます。

当然の帰結として、父にゲームに誘われても断るようになった――いま練習中だから、勉強中だから、準備中だからと言って。だが、父が大学の友人のジャルカ《チーカ》おじさんと指したとき、私は横から口出しし、二人の煽りあいに耳を傾けた。どこか罪悪感を抱きつつも、私は父の対戦相手を応援していた。私は父に負けてほしかった。そうなれば、私がどんな気持ちで指していたのかわかるだろうと思ったのだ。父は自分が知っていることを私に教えたがったが、私は父に、それが私からはどう見えるのか知ってほしかったのだ――おそらく愛とは、現実から共通のヴィジョンをさぐりあてるプロセスを指すのだ。私が分かち合いたかったのは、好手よりも悪手の方がはるかに多く、正しい判断なんて驚くほど不安定なものだという感覚であり、大ポカをつうじて心を通わすことだった。いまとなっては、もちろん父の勝利も敗北も思い出せないし、父が一敗地に塗《まみ》れるのを楽しんだ記憶もない。記憶のスクリーン上では、父は局面が難解になるにつれてすごいスピードで足をがくがくと動かしながら、駒の上で口をとがらせている。想像するに、父は自分の内側にいるのが好きなのだ。己のエンジニア精神の研究室でチェスプロブレムを解くのが好きだ。父は理性と論理が支配する空間が好きだ。そして父は私が好きだ。

2

高校で私は特進クラスにはいった。私はクラスメイトといっしょに、人文学と自然科学のかわりに週に約十二時間も数学と物理の授業を受けた。微分と虚数に頭をひねり、量子力学と複素関数と格闘した。一方、「普通」クラスの同学年の生徒は塩基性画分の把握に苦労し、芸術、音楽、生物学の日当たりのいい沃野を闊歩《かっぽ》し、あらゆる高校生が好んで学ぶこと——ごく普通のことだ——を学習していた。

私が数学専攻のクラスに登録を決めたのは、相対性理論に憧れていたからだ。アインシュタインの理論についてのポピュラーサイエンスの記事を読み、その驚天動地の内容（時空！　ブラックホール！　ダークマター！）を知って、理論物理学者の仕事とは星を見つめ、平行宇宙に思いをはせることなのだと思いこみ、それぞ自分の生活の糧にできそうなことだと考えた。だが高校がはじまってすぐに思い知らされたのは、数学的思考の領域で私に望めるのはせいぜいさっさと出ていくことぐらいで、それで早速さっさと出ていくようにした。

私のクラスはオタク臭さがぷんぷんしている場所で、いちゃいちゃしてくれそうな若い女性の数は悲惨なまでに少なかった。ほかのクラスにはもっとたくさん女子がいたが、手の届かない場所にいて、私たちが放出しているダサさのダークマターのせいで、永久に接点がない定めだった。すぐに私たちは校内で蔑称で呼ばれるようになった――食料品店。一般的な高校生が思いえがける数学の使いみちといえば、食品の価格の合計をすぐに計算することぐらいだったのだ。

私のクラスには数学の才能がある生徒が相当数おり、中でも天才のお墨付きをもらっていたのが少なくともひとりいた。名前はムラデンで、断乎としてダサかった。Vネックセーターを着て、アイロンの折り目のついたズボンをはいて、茶色の髪を全部横分けにしていた。授業をちゃんと聞き、悪態もつかなければ、スラングも使わず、ロックにもサッカーにも興味がなく、こちらが恥ずかしくなるほどナイスガイで、思春期の男子にありがちなてらいとは無縁だった。私たちにとっては歯ごたえのある数学の問題も彼にとっては離乳食同然だった。ムラデンは数学の明るくて殺風景な空間に安住していた。一度、体育の授業で並んで円を描いてジョギングしていると、やぶからぼうにムラデンが「きみの軌道はぼくのよりも長いよ」と言い出したことがあった。なんの話かさっぱりわからなかったが、ムラデンは自分が内側にいるので私の円のほうが彼のよりも大きくなると説明してくれた。一年次が終わる前にはムラデンはワシントンDCで開催された国際数学オリンピックで金メダルを獲得していた。一方、私が成しえたことと言えば、『ライ麦畑でつかまえて』を読み、喫煙者になり、レッド・ツェッペリンからXTCに鞍替えし、学業は凡才の身に甘んじるようになったことだった。

女子高生とその体に近寄る術もなかったので、チェスをたくさん指した。トーナメントをまるごと組織したことも何度もある。授業中に指したが、教師たちはまったく気づかなかった。成績表がクラスの壁に貼りだされた。ムラデンはつねにトップで、私たちよりも頭一つどころか肩二つは抜けていた。実際、目隠しチェスで多面指しできるほどの腕前だった。時に六人もの相手と並行して指していたが、授業にも集中し、生真面目に黒板を写していた。他方で私たちは叱られる危険を冒してチェス盤を机の下に隠した上、授業そっちのけだった。局面を手元で分析して、それぞれ「Ke2をe4に」みたいなメモを送る。ムラデンは教師の話を追いながら、即座に返事をする。すぐに奴の構想のすばらしさが判明し、破壊されてしまうのは私たちのほうだと悟る。仕返しに、ムラデンが黒板をきれいにするのを真似してやった。お尻を突き出して、濡れたスポンジでまっすぐな平行線を何度も引くのだ。

ムラデンと唯一張りあえるとしたらリュボだけだった。私がリュボを知ったのは小学生の時だった。当時、ビートルズのコピーバンドで、私はジョージの真似をしていたが、リュボはリンゴになりきろうとしていた。だが高校で彼はロックに関心を失ってしまった。実際のところ、数学とチェス以外のほとんどのことに関心を失ってしまったのだ。育ちがよく、礼儀正しく、まじめなムラデンとは異なり、リュボはどうしようもなくだらしなく、上の空の数学者というステレオタイプそのまんまだった。字が汚かったので、数学のテストで難解な方程式にすばらしい解法を編みだしても、教師が判読できなかったというだけで、低い点数をつけられることがあった。型破りという新ロマン主義的な神話に染まっていた私は（ブコウスキー！　セックス・ピストルズ！　ウォーホール！）、この、誰も彼も抑えつけてしまう現実の中で力を発揮できないことこそ、リュボが真の天才である証だと思った――彼こそが私たちの中で一番大成する人物だと思っていた。

高校二年次のころ、ムラデンはへぼチェス指しと目隠しで対局したり、私のような低能に複素関数のグラフを説明してやることから足を洗った。二、三か月のうちにムラデンは必要な試験を全部パスし、高校を卒業すると、大学に登録し、社会生活という人目を惹かぬ世界に消えてしまった。残った食料品店のへぼチェス指したちは卒業前にバカロレアの関門をくぐらなければならなかったが、結局は徴兵義務の一年間を軍隊で過ごすことになった。

ムラデンと同じようにして兵役を避けるには、リュボはあまりにだらしなく、怠惰だったので、徴集兵としてひどい苦労をした。軍隊から戻ったときにリュボは憔悴《しょうすい》しきっていたが、それでも大学一年次には難しい数学の試験を全部パスした。リュボが手こずった試験は唯一幾何学だけで、それもグラフをきれいに書かなくてはならなかったせいだった。試験にあらわれたリュボは髭は剃らず、ニキビだらけで、何日も洗濯していないシャツの裾はだらしなくズボンから出ており、手には壊れた定規と先の丸まった鉛筆を持っていた。彼が試験で描いたグラフは、シンプルなユークリッド空間よりもはるかに複雑で錯綜した彼の精神をあらわしているように映った。

ほどなくしてリュボは一人前の統合失調症に絡めとられてしまった。何度かリュボは、サラエヴォ郊外のヤゴミルにある、市動物園のそばの薄気味悪いびっくりハウスに幽閉された。私はそこに行ったことはなかったが、クラスメイトのうち二、三人は訪ねていった。戻ってきた連中の話はぞっとするもので、小さな部屋に詰めこまれた患者たちは、想像上のポットに想像上のコーヒーを淹れて想像上の客をもてなしたり、隅に集まってありもしない痛みに絶叫したりしていたそうだ。訪ねてきた友人たちに、リュボは複雑怪奇な陰謀の、込みいった話をながながと開陳して、クラスメイトを鼻で笑った――リュボの話では、みな掛け離れた物事同士のコネクションを、あれだけ見え見えなのに見落としているのだった。リュボとはちがって、その内面の混沌を抜けるための導きの声をもたない友人たちは、なす術もなく当惑して聞いていた。

一度、リュボがヤゴミルから両親の家に帰ってきていたときに、リュボの母親が電話してきて、家に来て元気づけてやってくれと頼まれたことがあった。高校の友人七人で、おずおずと玄関のベルを鳴らし、ぎくしゃくと愛想笑いをし、心労の激しい母親にチョコレートボンボンのお土産を手渡した。母親は誕生日パーティーみたいにジュースとお菓子をだしてくれた。そして私たちを残して部屋から出ていったが、ドアに聞き耳をたてているのは間違いなかった。なんともぎこちない会話を交わしたが、それというのもリュボはまったく元気なんかではなく、こちらとしても何を言うべきかわからなかったからだ。抗精神病薬の作用で、リュボはだるそうにぼーっとしていた。リュボがだらだらと分裂症的な話をするあいだ、凍りついて聞きいっていた。今回、リュボはアリョーヒンの実話を披露してくれた。リュボの話では、アリョーヒンは神そのひとが降りてきた人物だったので、そのゲームをきちんと分析した人にはわかる、運命が支配するメカニズムにあずかれたのだ。なぜだか、アリョーヒンの神性はリュボに受け継がれたので、彼は神と直接コミュニケーションがとれるようになった。リュボが言うところでは、こうして話しているあいだに起こっていることについて私たちは何もわかっていないし、私たちにはリュボのいまだ秘めたる力の大きさを把握する術もない。アリョーヒンからはじまる話の糸口は、真に偉大なグランドマスターたち——アリョーヒンの神性の器——は結局のところチェスを辞めたという彼の主張へと繋がっていった。チェスの局面の数は膨大だが、限られた数なので、真のグランドマスターたちはあらゆるコンビネーションを指すことで、最終的にはチェスの限界に達した。そうなると、グランドマスターたちにはもうプレイできるゲームがないので退屈してしまったのだという。私たちはリュボの話に思わず聞きいった。リュボはつづけた。偉大なグランドマスターたちはチェスを終えたら、あべこべチェスに切り替えるだろう。あべこべチェスでは早く負けることが目標で、最初に負けた人が勝負に勝つ。このあべこべチェスのゲームは「ブイルム」と言い、ボスニア語で「どうぞ」のような意味で、テーブルに食事を供する際に使われる言葉だ。それで自分の駒をなるべく多く、なるべく速やかに相手に取らせ、自分自身をチェックメイトのポジションに持っていくようにする。子供のころ、神の縄張りに足を踏みいれているかもしれないとは気づかずにブイルムを遊んでいた。偉大なグランドマスターたちはみな、いまはブイルムで遊んでいる。ボビー・フィッシャーもそうだ。ブイルムの偉大なプレイヤーのほとんどは無名だ。カルポフとカスパロフ（当時、世界チャンピオンのタイトルをめぐって激しく争っていた）は実際には憐れなヘボ棋士で、裏面であるブイルムの世界への境界線を踏み越えていないのだ。

リュボの確信は錯綜していたが、強烈だったので、話は一瞬だけ真実味を帯びた——いい加減にしろよ、目を覚ませと切り捨てなくてはならなかったのに、何も言えなかった。リュボのとりとめのない話にどう答えたらいいかわからなかったし、その病的な信仰を思いとどまらせるような反論も思いつけなかった。リュボの母親がプレッツェルとコーラのおかわりを持ってくるまで、黙りこんだまま座っていた。口を塞いで何も言わなくて済むよう、私たちは即座に菓子をつまみ、コーラのストローを握りしめた。いますぐ解放されたいと思っていたが、リュボの母親はパーティーをつづけたがった。そこでリュボにアコーディオンでなにか弾いてあげたらと言った。おとなしく、リュボは楽器を手に取った。私たちは、リュボが氷河の進行速度にも等しいようなスピードでストラップを調整するのを待った。最初の数小節を聴いて、「歓喜の歌」だとわかった。だれも調子はずれのアコーディオンでベートーヴェンを聴かされるとは思っていなかった。アコーディオンをゆっくり伸ばしたり、縮めたりしながら、リュボは歓喜の欠片《かけら》もない音色と吐息を奏でた。今日にいたるまで、ベートーヴェンの第九の最後の部分の、リュボによる解釈ほど、悲しい音楽作品を聴いたことがない——それは実際、人間が生み出した音の中でも一番悲しいものだった。彼が私たちに演奏してくれたものは音楽におけるブイルム・チェスだった。リュボの解釈は「歓喜の歌」をあべこべにしたものだった。リュボの反チェス、反音楽のもつおぞましい可能性に、私たちは麻痺してしまった。私たちの人生を超えたところに、反人生があって、彼はそれを生きている。彼の反「歓喜の歌」を聴くまでは、そんなの知らなかった。私たちは馬鹿みたいに拍手し、炭酸の抜けきったコーラをがぶ飲みし、母親に礼をいい、反物質や暗闇を恐れずに生きようと家に帰った。

3

九〇年代初め、ウクレイニアン・ヴィレッジからエッジウォーターに転居したあと、ロジャーズ・パークそばのアトミック・カフェでチェスを指していたことがある。カフェは私がささやかなワンルームを借りていた、アーティスト・イン・レジデンスの建物から数ブロックほど離れた場所にあった。カフェの隣には「四〇〇映画館」があり、ここは二、三ドルで入れる名画座で、しなびたポップコーンの匂いが漏れ、トイレは恒久的に詰まっていた。夏のあいだ、人々はフェンスで囲まれた外のテラス席でチェスを指していた。それ以外の季節は、カフェは近くのロヨラ大学の学生でごった返していて、チェス愛好家はいつも隅の一角を占拠していた。チェスを指すために、ノースサイド中から毎日のように人がカフェに集まった。週末にはぶっつづけで十二時間指していることもざらだった。私が最初にカフェに迷いこんだのは、一九九三年の初夏のことだった。映画までのあいだ、しばらく観戦していたのだ。翌日、自分も指したいと思い、カフェにまた足を運んだ。おとなしく観戦していた私は、ピーターと名乗る年かさの男からの挑戦を受けるだけの自信をやっと呼び覚ました。ピーターは身なりがいいとは言えなかった。両耳からは白髪が束になって突き出していた。フランネルのシャツは、太鼓腹のせいでボタンが弾け飛ばんばかりになっていた。胸ポケットからは封筒が半分突き出していた。なぜだか、香水の匂いをぷんぷんさせていた。だが眉をひそめて局面を検討する姿は、私には賢者のように映った。足でボールを触る仕草だけで、いいサッカー選手かどうか判断できるそうだが、まったく同じように私も、ピーターが次の手や、その先のあらゆる可能性を熟考するために自分の内側に深く潜る様子から、彼がシリアスなプレイヤーだとわかった。

ピーターとの最初の対局について詳しいことは覚えていないが、確かなのは負けたということだ――ハードな試合をしたのは実に久々だったのだ。だが、私はカフェに足しげく通い、対局を重ねた。ピーターと指すことが多かったが、私を負かすことに飽きた様子はまったく見せなかった。ほかの人とも指して、かなりの腕前の常連にも勝てるようになった。ほどなく、私は週末をカフェで、ずっとチェスを指してつぶすようになり、一息入れるのは、隣の映画館に行くときだけになった。

アトミック・カフェには、チェスにとり憑かれた人物が勢ぞろいしていることがわかった。対局の合間をぬって、私は暇なプレイヤーとだべり、話しかけては、他人の人生を少しでも引きだしてやろうとした。たとえば、ベトナム人の獣医《ヴェト》もいた。彼は少なくともサイゴン陥落以降、障害を抱えて暮らしてきた。膝がびくびくと痙攣してしまうのだ。彼は、東南アジアの赤化を食い止めるため尽力したことを誇りに思っていた。彼はチェスを指し、ドラッグをやる以外は、ほとんど何もしていなかった。あるとき話してくれたのは、LSDでハイになった頭で水道を下から覗きこんで、落ちてくる水滴を観察する様子だ――水滴の分子がクソみたいにきれいなので、クソみたいな精神が粉々になっちまったよ。名人のマーヴィンもいた。体格はアメフトの選手さながらだった。時々カフェによって、早指しチェス《ブリッツ》をしていくのだ。ヘボたちを凄まじいスピードで、華麗な手並みで片づけるので、固唾《かたず》を呑んで見守る観衆にはなにが起きているのかまったくわからなかった。インド人の凄腕プログラマーもいた。彼は私がこの店に出入りしていた数年の間に、チェスに熱中しすぎたため職をいくつも失った。とにかく一度辞めると妻に約束したが、チェスが始終頭に浮かんでしまうのだ。チェスを消し去ることができなかったので、彼はまだカフェに来ていたが、指そうという誘いは断って、観戦に徹して同じ時間をつぶしていた。大方の予想通り、彼は離婚してしまった。最後に会ったとき、自分でそう言っていたのだ。彼は当時タクシーの運転手をしていたが、カフェの前に駐車して一日中チェスを指していた――嬉々として禁を解いて、客を捕まえようなんて気は一切起こさずに。私のチェス友達はみな孤独な男で、チェスの痛ましい、儚い美を再現しようと絶えずもがいていて、ブイルムを視界に収めることもなかった。

それからピーターがいた。ピーターとの対局では、私はありとあらゆる方向から攻撃を仕掛けた。ピーターは辛抱強く耐え、こちらのミスを待つ。当たり前のなりゆきで私はミスをしてしまう。ピーターはこちらよりもひとつだけ多いポーンを容赦なく前進させてクイーンに昇格させ、エンドゲームに突入する。じきに私は敗北を認めざるを得なくなり、ピーターは冗談めかして私の投了を書面で要求する。指しているあいだはあまりしゃべらなかったが、ゲームとゲームのあいだにおしゃべりをしたり、職業や過去について互いに話して、共通点を見つけ合ったりした。ピーターは近所に香水店を所有し、そこに住んでいた。みすぼらしい老人という外見には不釣り合いなほど、日替わりで強い花の香りをさせている理由もそれだった。私たちは二人ともよそものだった。私がボスニアのサラエヴォで生まれ育ったと告げると、ピーターはこう言った――「気の毒に」。彼はアッシリア人だったが、ベオグラード生まれだった。一日中チェスを指したあとで家に歩いて帰る途中、なんだってベオグラードで生まれたのか聞いてみた。呻吟《しんぎん》のあえぎのあとで、苦痛を押し殺した声で言ったのは、ピーターの両親はトルコから一九一七年ごろに逃げてきたということだった。当時、トルコはアルメニア人の根絶に精を出していたが、両親がそこにいたころには、アッシリア人にもなお時間と銃弾を割いていた。二人はベオグラードに逃げのび、そこでピーターが生まれた。数年後、予測不能という移民の軌跡にきちんともとづき、一家は独立直後のイラクに到着すると、そこでピーターは育った。しかし二十代のころ、イラクを去らなくてはならなくなった。首相の息子と揉め事を起こしてしまったのだ（詳細は口にしなかった）。生命が危険にさらされたので、イランに逃亡した。結婚し、子供が生まれた。一九七九年の時点でテヘラン在住で、アメリカ大使館に勤務していた――イスラム革命が当地で起こると、そこは間違いなく、想像しうる最悪の勤務先になった。動乱で混沌とする中、派手なデニムを身につけた彼の一人息子は、革命家たちに路上で呼び止められ、身体検査された。彼は酒を持っていたので、その場で撃たれた。

そしてここにアッシリア人のピーターがいる。シカゴで「エタニティフォーメン」のコピー商品を売り、特別よろこびの色を見せることなくチェスで私を負かしている。ここにいるのは、私が想像していたよりも苦しみ多き人生を送ってきた男だ。ピーターの人生の物語は、私たちが別れるまでの数ブロックの距離、時間にして五分かそれ以下で語られたものだ。そのとき歩きながら学んだのは、自分のものよりも痛切で、心動かされる物語が常にあるということだ。私は自分がなぜピーターに惹かれたのかわかった。私たちはどちらも流浪の種族に属していた。私が彼を大勢の人々の中から選んだのは、同族だと認めたからだ。

数週間前、ピーターが、隣のテーブルでおしゃべりをしていたロヨラ大学の学生二人組に食ってかかったことを思い出した。「みたい」という言葉を乱発しながら、ほとんど息つく間もなく互いにまくしたてている。切れ目なくつづくやりとりの虚無感や、阿呆みたいに「みたい」が出てくることにいらいらしつつも、二人が何を話しているかまったくわからなかったからこそ、逆に耳をそばだてるのをやめることもできなかった。常に気を散らされつつも、ただ我慢していた。しかしピーターは突然爆発し、学生にむかって怒鳴った——「なんだってそんなにペチャクチャしゃべっているんだ！　一時間もの間ずっとしゃべっているけど、何にも言わないいじゃないか。黙れ！　黙れ！」学生は脅えて口をつぐんだ。ピーターの暴発はショックではあったが、私には腑に落ちた。ピーターは言葉の浪費を嘆いただけでなく、言葉を浪費する道徳的退廃を憎んだのだ。流浪の骨が喉に永遠に刺さったままのピーターにとっては、世界中で起こっている無数の惨事を語るための言葉が絶えず不足している最中に、無為なおしゃべりをするのは間違っていたのだ。どうでもいいことなんて、しゃべるよりも口をつぐんでいたほうがましだ。無駄な言葉の猛攻から守らねばならないのは、心の奥底にある静かな場所だった。そこは、駒がみな理路整然と並べられていて、対戦相手はルールを遵守し、たとえ万策が尽きても、なお敗北を勝利へと変える道筋が秘められた場所なのだ。もちろん学生たちは、ピーターの内面世界に広がる無限の痛みを理解できなかっただろう。沈黙に対する予防接種を受けていた彼らには、語りえないものにアクセスする術がなかった。私たちはそこにいたのに、向こうには見えていなかった——あたかも私たちが非在で、同時に遍在していたかのように。それで学生たちは黙りこんだまま、言葉もなく茫然と座っていた。それから二人は席を立ち、出て行った。私とピーターは次のゲームのために駒を並べた。

4

アトミック・カフェに数年間通って指しているうちに、ヘボとしてはなかなかの腕前になった。その域を超えて、本当にいいプレイヤーになろうとすれば、名局の研究に戻らなくてはならない。そんなことにはならなかった。年もとったし、怠惰なせいもあるが、チェスの研究に費やす時間がなかったのだ。私は内的世界を覆っている肉体を食わせ、服を纏わせるための金銭を稼がねばならなかった。さらに数年間のあいだ、母国語とディプロマ・プログラム言語で板挟みになり、どちらの言語でもなにも書けなくなる経験をしたあとで、私は英語で書きはじめることにした。そうすることで私は新しい空間を区切り、その内部で経験を処理し、新しい物語を生成できるようになった。書くことは、自分の内面を整理する手だてでもあった——おかげで引きこもって、内側に言葉を詰めこむことができた。書くことで内面が満たされていくうちに、チェスへの欲求は消えていった。

振り返るに、最後の対局は父としたものだったように思える——だが、ほぼまちがいなく事実ではないだろう——最後の大事な対局だっただけだ。オンタリオ州ハミルトンの両親の家を訪ねた一九九五年のある日、私は父にチェスで挑戦した。カナダに落ち着いたとき、両親の難民としての軌跡も天底に達した——当時は、そこがどん底のように思えた。カナダの過酷な気候に苦しめられ、日々暮らしていくために強制された言語は居心地が悪く、友人や家族も払底し、圧倒的な郷愁や絶望に陥りがちだった。

私には両親を助ける術がなかった。訪問しているあいだ、口論が絶えなかった。両親の絶望は私を苛立たせた。なぜなら、それはまさに私の絶望であり、そのせいで私は二人から慰めをえられなかったからだ。思うに、私はまだ二人の子供でいたかったのだ。私たちはささいなことで口論した——戦争前の、決着しなかったけんかや、忘れられない侮辱を思い出しては持ちだし、数分後には謝るということを。一緒にいるときでさえ、私たちは互いを懐かしんでいた——なぜなら部屋の中で腐っていく象は、(1)以前の、失われた生活だったからだ——かつての在り方が、いまやまったくの無になったのだ。カナダでなにを一緒にしても、かつてボスニアで一緒にしていたことが思い出された。だからなにもしたくなかったが、そういうわけにもいかなかった。私は日がな一日、両親のソファに座り(親切なカナダ人が寄付してくれたのだ)、『ロー&オーダー』の再放送を見て過ごした。誰かを怒鳴りつけてテレビ的昏睡状態を振りはらいたかったが、それも、ピーターをして不運なロヨラ大学の生徒を脅しつけさせたのにも似た、ある種の衝動に駆られてのことだった。

そんな出口のない日々のなか、私は父にチェスを挑んだのだ。負かしてやりたくてうずうずしていたことは認めねばならない。アトミック・カフェ・ブートキャンプをくぐり抜けた私には、数十年間対局がなかった父の影を捨て去る準備は万端だった。やっと、長年つづいていた勝ち敗けの収支の不均衡を是正することができる。子供のころの私が感じていた気持ちを、父に感じさせてやることができる。私は両の拳にそれぞれポーンを握りしめて、父に選ばせた。父は黒を選んだ。磁石付きの小さな盤に二人で駒を並べた。そして指した。私が勝った。よろこびはまったくなかった。父もそうだった。父がようやく、私に勝たせてくれた可能性はある。もしそうなら、私は気づかなかった。私たちは無言で握手した——本物のグランドマスターのように。そして、もう二度とチェスを指さなかった。

犬小屋生活

一九九五年のことだったが、ＥＳＬ《外国語としての英語》を教えていた専門学校の職員室で、Ｌと出会った。雑談の中で、Ｌは好きな映画監督はロベール・ブレッソンだと言い切った。その週、ブレッソンの回顧上映がファセッツ[1]であったので、一緒に『スリ』を観にいかないか誘ってみた。Ｌは同意した。教室にむかう途中、Ｌが椅子をぴょんと飛び越えていくのを見て、頭の中にある考えが浮かんだ。あえて言葉にするのなら——私はこの女性と結婚するだろう、という。それは決意でも計画でもなかった。ましてや欲望や閃きなんかではなかった。それは単に、避けられない未来を認識しただけだった。私にはこの女性と結婚するのがわかったのだ——夜になればそれと知れるのと同じように。

　私たちはまず『スリ』を見て、その後で『湖のランスロ』を見た。騎士ランスロットとグィネヴィア妃の物語だが、ロマンティックな要素は一切はぎとられてしまっていた——騎士が鎧をつけたまま歩きまわると、絶えず軋む音が聞こえ、その中に肉体が——膿んだ傷口やなにやらが——あるのが想像できるのだ。そのあとで、バーのグリーン・ミルに一杯やりに行き、そこで私は彼女にキスをした。彼女は席を立って出ていってしまった。当時、Lにはボーイフレンドがいた。彼女は、ボーイフレンドがなにか浮かれた歌に合わせて飛んだり跳ねたりしているパーティ現場を突きとめた。Lは彼氏の両足を地面につけさせると、別れてしまった。それから私たちはつきあいだした。一年半後、一緒に住むようになった。二年半後、私は彼女に靴ひもを結びながらプロポーズした——まるで、「結び目をつくる《タイイング・ザ・ノット》」(2)というクリーシェを試してみるみたいに。彼女には聞こえていなかったので、もう一度言わなければならなかった。私は指輪をまだ用意していなかったが、彼女は受けてくれた。

私たちはいろんなことを一緒にした。一緒に旅行した。上海、サラエヴォ、パリ、ストックホルム。私は彼女にスキーを教えた。彼女はシカゴ育ちで、ほかでは知ることができない街の話をしてくれた。私たちが住んでいた家は、キッチンのある場所を足で踏むと玄関のドアベルが鳴った。私たちは暖炉が二つあるアパートを購入した。猫を飼ったが、死んでしまった。彼女が手を洗おうとして指輪を外したとたん、床を転がって暖房の吹き出し口に落っこちてしまい、見つからなくなってしまったことがあった。私たちはお互いをきちんとした人間だと思っていたし、愛し合っていたので、じきに亀裂が浮かび上がってきても、埋め合わせることができた。

結婚《タイ・ザ・ノット》すべきではなかったと、だんだんわかってくるまでに数年間かかった。だが私が両親から受け継いだ結婚観では、生活の万事と同じく、結婚は必死の努力にかかっていることになっていた。そんなわけで、私にとってこの結婚の運営上のメタファーは鉱山だった——つまり、婚姻状態とは、毎日鉱山に降りていき、値打ちものの鉱石を掘るようなものだった。結婚が機能するか、報われるかどうかはそこに注ぎこむ過酷な労力にかかっていた。つまり、ただ幸せだという状態ですら、仮構の未来へと無限に先送りにされていたということである――掘りつづければ、いつの日か幸せになれるかもしれない。だが、そもそも採掘に足りるだけの鉱石がないかもしれない。毎日のシフトが終わるころには、私は憤り、疲れ果ててしまった。やがて、さんざんな喧嘩の合間から絞りだされた適度な平穏の期間が、幸福の鉱石だということになった。私たちは、「喧嘩しないこと」を結婚生活の目標であり目的だと受け入れる地点にまで辿りついてしまった。私たちは仲直りのために努力するというかたちでのみ愛を表現し、認め合った。深い愛情のかわりに私たちが示したのは、和解か攻撃か、いずれかのジェスチャーだった――ときに、混乱してその二つを同時にすることもあった。私はしょっちゅう怒りを爆発させ、日々の生活で負った傷は凝り固まり、どう癒したらいいかわからなかった。私は憎しみにまかせてそれを内臓のように、あたりにまき散らしていた。

最初の結婚生活の終わりはあっけなく訪れた。といっても、毎日鉱山に降りていく副作用である苦痛と苦悩はすでに慢性化していたから、終わりを首を長くして待ってはいたのだが。気がつけばそこにいたのは、Lに対して怒りに燃えて自説を開陳している自分の姿だった――自分にはなんの落ち度もなく、自分のほうこそ不当な扱いを受けているのであり、より苦痛を受けている側なのだという反駁不能な証拠を開示する機会をひたすらうかがっていたのだ。結局、何度目かわからない罵り合い（それ自体は取り立ててたいしたものではなかった）が頂点に達したときにそれは終わった。喧嘩には見憶えのある、何度も繰り返したパターンがあり、決まって私は怒鳴ってなにかを叩きつけることになる。また自制心を失い、Lを傷つけてしまったことに対して、ひどく罪悪感をいだく時間がいつものようにつづいた――罪の意識だけが、かろうじて私たちを繋ぎとめていた。このとき、ことの最中に頭に浮かんだのは――もし言葉にするのなら――こういうことだった。もう、これ以上は無理だ。Lに言いたいこともなにもないし、証だてたいこともなにもない。喧嘩してもしかたないし、なにをしてもどうしようもない。そう思ったとたん、底がすとんと抜けてしまった。禅のたとえ話にあるように、たちまち私は愛憎から解き放たれた――私が鉱山生活を終えるまでものの一分もかからなかった。二〇〇五年一月の夜、私はLを車に乗せて――涙を滝のように流しながら――インディアナ州の母親のところまで送っていき、それから空になったアパートに戻ってきた。

ひとたび結婚が終わってしまうと、残るのは足を引きずりながら踊る崩壊のダンスである。冷たい暖炉を見つめているのに耐えられず、一週間もしないうちにとりあえずの家具付きの住居を探し、ごたごたが片付くまで泊まることにした。資金は限られていたせいもあって、私が急ぎ候補にあげた場所はかなり気が滅入るところだった。ビルの管理人はおぞましい家具付きアパートを一部屋一部屋見せてくれたが、そんな場所にわざわざ住もうとする人間のことをどこか馬鹿にしていた。どの部屋のドアも、分厚い、陰鬱な孤独の世界にじかに通じていた。すてきなゴールドコースト地区の一人部屋《ストゥディオ》は、殺人事件が起こったばかりのところを、管理会社が気をつかって壁に飛び散った血痕を清掃してくれた部屋みたいだった。

数日間探した後、シカゴのノースウエストサイド地区にある三階建てビルの最上階のストゥディオに落ち着いた。女家主——彼女にメアリーという名前を授けることにしよう——は二階に住んでいた。彼女は養子縁組専門の弁護士だった。メアリーは幸せな、まばゆいばかりのカップルの写真を見せてくれた——赤ん坊は養父母の膝の上で、新しい運命に戸惑っていた。メアリーは包容力のある寛大な女性で、浮浪者をイヌ科もヒト科も受け入れてくれる類の人物に思われた。メアリーはあまり多くは訊ねなかったし、取り立てて目を引くところのない私の信用履歴《クレジット・ヒストリー》にも関心を払わなかったので、私はえいっとばかりにその場で小切手《チェック》を書いたのだ。チェックを受けとって、メアリーは犬のことは気にしないでくれるとありがたいと言った。何匹か飼っているし、アニマル・シェルターでも働いているから。自分も犬は好きだと打ちあけ、メクの話を少しした。メアリーはへえっとかあらまあとか言ってくれた。来たるべき自己憐憫の発作をやり過ごすには、メアリーのところ以上の場所はないように思えた。

前の家に戻ってスーツケースに荷物を詰め、ステレオと一緒にホンダ・シビックに積みこむと、日没にむけて西へと車を走らせた。

当時、車内にはたいしてテープを置いていなかったが、うちの一本がハンク・ウィリアムスの『40グレイテスト・ヒッツ』で、車を運転するたびに聞いていた。新しい生活をはじめるという感覚に包まれていると、ほとんどあらゆるものに何か意味があって、先行きを暗示しているように思える。メアリーの「マンション・オン・ザ・ヒル」にむかって車を走らせていると、自分のことを――ハンクが歌で書いたみたいな――「ランブリン・マン」に重ねずにはいられなかった。(3)

しかし、その意味ありげな感覚のヴェールですら、引っ越して数日のうちに鼻をつくようになった圧倒的な悪臭を包み隠すことはできなかった。メアリーがストゥディオを見せてくれたとき匂ったかどうか思い出そうとしたが、鼻を刺激するようなものは記憶になかった。あたかも理解すれば耐えられるようになるとでも言うかのように(インテリにありがちな欺瞞)、私は悪臭の分析に多大な時間を費やした。匂いには、すぐに思いつく犬の糞尿のほかに、謎の成分が含まれていた。瘴気《しょうき》一般、猫砂のうっとなる匂い(あとになってわかったのだが、猫も二匹いた)、すえたコーヒー、かすかにツーンとする消毒剤。中でも目立っていたのは格安のドッグフードで、メアリーが子犬にあげるために揚げていたのか、なぜかクリスコの匂いに包まれていた。

新しいことはなんでも受け入れようと心の準備をし、匂いにも慣れると思っていたのだが、日ごとに状況は悪くなっていった。あまりに強烈なのでスーパーマーケットに出かけ、悪臭が格別にひどくなったはずみで高価な消臭剤に金を注ぎこもうとした。だが、離婚にむけて縮こまっていたせいでしみったれになっていた――エアーウィックがセール中だったので、グリーンアップルとハニーサックルの香りを買って、死臭が充満した家の匂いを相殺した。はじめ、甘い香りが私のストゥディオを包んだ。だが、次第に二つの匂いは混じり合っていった。揚げドッグフードと、グリーンアップルとハニーサックルが嗅覚器官で調合されるとどうなるか――それまで知らなかったし、今後も二度と知りたいとは思わない。

すぐに犬そのものと対面することになった。洗濯室につづく裏の階段を降りていると、威勢のいい三匹の雑種犬につかまった。うち二匹は太りすぎで、お尻まわりがどっしりして、目つきはどよんとしていた。三匹目は小柄で痩せて《スキニー》おり、躁病的で、盛りがついているのがすぐわかった――実際、私のすねをすかさずファックしようとした。メアリーは三匹を紹介してくれたのだが、残念ながら一番大きな犬の名前しか思い出せない（クレイマー）。洗濯室から戻る途中、三匹はあとをつけてきた。私がストゥディオに入る瞬間、ドアが閉まるまさに直前に、クレイマーが戸口に小便をひっかけた。

洗濯室に降りていくたびごとに、ほとんど毎回、糞の山や尿だまりをスラロームで抜けていかなくてはならず、結局は犬につかまるはめになった。時折、メアリーの隣人が裏庭（一時的なドッグ・シェルターとして使っていた）に置いていったぼろぼろの雑種犬が新顔として三匹《トリオ》に加わることもあった。新顔の雑種犬は出たり入ったりしたが、クレイマーとスキニー・ファック（さっき、このかわいらしいわんちゃんの話はしたね）と三匹目《サード・ワン》は常連だった。

次第にうかがいしれたのは、三匹がはっきりした、明確な個性を持っていることだった。クレイマーが意志決定者で、スキニー・ファックはスキニー・ファックで、三匹目《サード・ワン》はのろまの怠け者だった。三匹がわんわんきゃんきゃんの夜の演目を披露してくれるのを、こちらは眠れないで聞いていたので、すぐに区別できるようになった。三匹はリサイタルを合唱曲から――往々にして束の間のバスで――はじめたが、通常深夜十二時過ぎからソロに切り替わる。次のような順番だ。三匹目《サード・ワン》は不精にキャンキャン鳴いて、着実に数時間私を寝かせない。スキニー・ファックは午前二時には、通常運転の興奮ぶりを見せていた。そしてクレイマーは早朝のシフトを担当していたが、その深みのある、どっしりした声のせいで私は狂気に駆られ、明け方には犬を一匹ずつ磔刑《たっけい》に処するところを夢想していた。一度か二度、メクのアイリッシュ・セッターらしい落ち着いた態度のことを思い出して夜を過ごした――父親が耳元で囁くと目を見開いたりする様子や、特に何も欲しがるでもなく頭を太ももに置いたりするところなんかを。

対照的に、クレイマーは私の不倶戴天の仇、家を統べる雄だった。こいつは私が通るたびにしかつめらしくふんふん鼻を鳴らしたり、私の部屋のドアの前で馬鹿にしたように用便するのだった。ときたまメアリーは夫のことを口にしたが、郵便物はすべて彼女あてで、敷地内で男の人間なんて見たことも聞いたこともなかった。メアリーと（グリーンアップルとハニーサックルのうさんくさい助けを借りた）私以外で、悪臭を我慢できるものがいるなど考えにくかったが、夫は修辞的かつ神秘的に存在していたのだ。メアリーの行方不明の旦那が気になったのは、彼女の部屋のドアが開け放しになっていた日のことで、クレイマー警部がアリゾナの民兵のように玄関を見まわっていた。メアリーの部屋の中は見たことがなかった。家賃の小切手を手渡したり、なにか質問するためにノックすると、メアリーはいつもドアを半分しか開けなかった。メアリーの説明では、犬を出したくないからだという。香り高い喫茶店で執筆することにしてしのごうとしたのだが、ドアが開いているのがどうにも気になった。私はメアリー！と玄関で叫び、クレイマーがこちらの喉笛に躍りかかってきやしないかと恐る恐る足を踏みいれたが、なんの反応もなかった。ソファーに山盛りの洗濯物の上に伸びたスキニー・ファックが、満足げにあくびをしているのが見えた。メアリー！　私が想像したのは、キッチンの床で半ば食い尽くされているメアリーの死体だった。慎重に足を踏みいれると、クレイマーが足元にぴったりくっついてきた。右手には寝室があり、ベッドの枕からは、見覚えのない雑種犬の鼻づらがこちらをぼけっと見つめていた。アパート内の至るところ、床をふくめたあらゆる表面が、熟成済みのしわくちゃの洗濯物や、年代物の新聞紙とクーポン、食べ物の包み紙、もはや形も用も定かでない代物で覆われていた。死体はアパートのどこかに埋もれたまま跡形もなく腐り果てたのだろう——犬も揚げた糞なんかより新鮮な死体のほうが好きだろうが。メアリーのアパートは、所有者死亡をもって破壊されなければならない場所のように見えた。健康被害を生み出しかねないし、清掃は不可能だったからだ。私はアパートの奥深くへと分け入っていったが、絶対君主クレイマーの厳密な監視下におかれており、こちらが領域を損壊するようなことをしでかせば、容易に無力化できるという自信を向こうはもっているようだった。猫が二匹、キッチンのキャビネットの上の高いところから、つがいの鳥が入ったカゴをじっと見ていた。三匹目《サード・ワン》はキッチンの床で寝そべっていたが、そこはさらにゴミの山だった——汚れた皿、カビだらけのタッパーに、しわくちゃの洗濯物となんだかわからないものがまたあり、うず高く積みあげられた鍋の山の下に埋もれたストーブ、匂いはするが見あたらない猫用トイレなんかだ。ここまで、私は常時吐き気をこらえていた。悪臭の供給源を発見したが、死体は眼に見えるかたちでは確認できなかった。が、私はこれ以上調査の続行を希望していなかった。匂ってくるようなものがあるのなら、隣人や警察に処理をまかせようじゃないか。私はメアリーの巣から退散することにした。

喫茶店に向かう車内で、ハンク・ウィリアムスのテープをセットしてみた——するとありがちにも偶然の一致というやつか、かかったのは「ムーヴ・イット・オン・オーヴァー」だった。私は新しい生活の「イヌ科性」にすっかりとりつかれてしまっていた。自分の居場所を「犬小屋」と呼ぶことにした。友人たちに、現在の自分の「ドッグ・ライフ」について、なかば恍惚となって、なかば当惑しながらもつらつら語って聞かせたが、するとなんで出ていかないのかとよく訊かれた——質問に対する答えは持ち合わせていなかったし、今もない。私は「災厄ただ中の多幸感《ディザスター・ユーフォリア》」のひどいやつを患っていたのかもしれない。私は dog days（猛暑の候）とか dog's life（みじめな生活）とか going to the dogs（落ちぶれる）とか doghouse（犬小屋）みたいな言葉をしょっちゅう使うようになった。イヌ科《ケイナイン》関連の語をまるごと調べてもみた。canicide（犬殺し）、caniculture（犬の繁殖と飼育）、caninity（イヌ科性）、canivorous（肉食性）みたいな語だ。自分の犬小屋のそばにうまい「ホットドッグ」を出す店があることにすら意義を見いだした。だからそのとき、「ムーヴ・イット・オン・オーヴァー」で、十時半に家に帰ると、妻に締め出されていたハンクに自分を重ねたのは、ごく自然ななりゆきだったのだ――「妻は玄関の鍵を取り換えた／おれの鍵はもう合わない」――それで犬小屋で寝て、こう歌うのだ――「痩せた犬のかわりに、太った犬がやってきた」。ハンクみたいな男だった私は、こんな歌詞にも完全に同化できたのだ――「犬と一緒に犬小屋に住むなんて窮屈ったらありゃしない／でも家がないよりはまし」。

なにごとも自分について語っているように感じられるほど自分を投影してしまうのは、もちろん、自己憐憫が自己耽溺のかたちをとっているわけで（ほかにもいろいろあるが）、私が陥りがちな事態だった。泣きたいほどの淋しさだ。ブルースが身に染みた。私は寂しく恋心を抱えたローリング・ストーンで、またぞろロスト・ハイウェイにさまよいでた男だった。私はハンクの歌に居ついていた。だがメアリーの家に足を踏みいれて、悪夢的な生活を目の当たりにしたその日、私はエピファニーをえた。私は負け犬だ――スーツケースを抱えて暮らし、グリーンアップルとハニーサックルの香りで窒息するのも自由さと、自分に言い聞かせることにしただけの人間だ。

お粗末な執筆のお粗末な一日のあとで犬小屋に帰ってみると、メアリーのアパートのドアは閉まっていた。クレイマーとその友達の犬にメアリーが話しかけているのが聞こえた。犬たちはうれしそうに吠えていた。男の声もしたから、おそらく夫だろう。階段をあがると、自分のなげやりさが招いたわびしさがはっきり見えた――そのせいで人生は大損害を被っていた。ストゥディオの至るところに再びの独身生活の垢が溜まっていた。服だまり、フード・コンテナの山、とりたてて意味のない紙、頁の端を折った本《ドッグ・イヤード》、ぽっかり口を開けたスーツケースに、ぐらぐらするＣＤの塔。キッチンのシンクには、何週間分の油脂がこびりついた皿。肥えたハエがトンビのようにテーブル上を旋回していて、そこは今や生態系の揺籃の地だった。バスルームでは陰毛が四隅でとぐろを巻いていて、便器はこれみよがしに黄ばんだ襟元を見せつけていた。私はとっくに底をついていたのだ。

（いいことは）一度底をつけばあとは上がるしかない。テリと出会ったのは、犬小屋暮らしをしていたときだったのだ。寄稿を依頼する一通のＥメールを受けとった。どうやら、それは『シカゴ・イン・ザ・イヤー２０００』というフォトブックに使われるのだという。二〇〇五年の二月末に、私はその本を編集していたテリとの打ち合わせに出かけた。婚姻状態の解消に気をとられて、私はテリを男性だと思っていた。だが、背の高い美人がオフィスから出てきたのを見て、私は彼女こそ自分が愛する女性だと、即座に、何の疑いもいだかずに認めた。打ち合わせの最中、私は彼女の非の打ち所のない顔の造作を観察していた。彼女についてなにか手がかりや情報がないか、オフィスにくまなく目を走らせた。コンピュータの画面に胎児のエコー写真が貼ってあるのがどうにも気になり、彼女のかもしれないと思った（いいえ——妹のなのよ）。本に入れる写真を見せるためキーボードを打つ彼女の手元を見て、結婚指輪がないかどうか確認した。彼女に求められたことはなんでもやることにした。その件についてはランチかディナーでもとりながら話し合おうじゃないかと——それとなく、だとは思うのだけど——提案した。

テリに会う前は、私は新しく手に入れた独身生活を、分別も見境もない性的放縦で満たすつもりだった。夫として貞節を守っていたせいで失った時間の埋め合わせをしてやるのだ。出演したブック・ツアーと文学フェスティバルを振り返って、私と（束の間の）性的冒険を楽しんでもいいと思っていたふしがある女性を全員思い出した。「ぼくを覚えているかな？　六年前、眼があったけど、そらしてしまったよね」――こう言ってやるのさ――「でも今はちがう。ハートに火をつけて、ポケットにコンドームを忍ばせて、帰ってきたよ！」そんな計画は無期限に中断されることになった。テリのことを急速に、強力に好きになっていた私は、オフィスを出るなり、残りの人生を彼女と過ごすためにはなにをしたらいいのか、頭をめぐらせた。手始めに新しい服に投資することにした。彼女のオフィスがあったビルから出た足で、新品の、ヒップなジャケットを購入した。引退した鉱夫よりも、チャーミングな作家にずっと似合うようなやつだ。

私たちはEメールで他愛もないやりとりをした。私はせめて遊び人には見えないよう、自分の離婚後の状況をくわしく説明した。テリは自分の祖父母がデューク・エリントンを知っていたことを教えてくれた。デュークのオーケストラがバックについたローズマリー・クルーニーのCDを彼女に送った。『シティ　2000』用に「私がなぜシカゴから出て行かないのか、その理由――網羅的ではない、ランダムなリスト」と題した小品をすぐに書きあげて送った。そこに書かなかった理由のひとつは、いまこの街にはテリが存在しているからというものだった。

私たちの最初の公式なデートは、バックタウンにあるシルバー・クラウドという店だった。私たちは真夜中に会った――おとぎ話みたいに。ある時点で、トイレに立った。そしてピクシーズの「ヒア・カムズ・ユア・マン」がサウンド・システムでかかっている中を出てきた。私は恥じらいもなく、ジャケットを着てテリの方に気どって歩いていき、通訳と生涯の献身を申し出た。彼女は犬小屋まで車で送っていってくれた。私は彼女にキスをした。全身の活きている細胞のひとつひとつが――そしてとっくに死んでいると思っていた細胞のいくらかまでも――テリと一晩過ごしたいと願っていた。だが、もし彼女がクリスコで揚げたドッグフードの匂いを嗅いで、バスルームでとぐろを巻いている陰毛を見て、当時沈みこんでいた垢まみれの底にそのデリケートな足を踏みいれたなら、二度と会えなくなることもわかっていた。翌朝、私はサラエヴォに数週間の予定で発つことになっていて、すでに彼女が恋しかったが、私は彼女を階上には招かなかった。

それは私の人生で一番賢明な判断だった。数週間のうちに私は、ウクレイニアン・ヴィレッジにあるテリのアパートで一緒に暮らすようになった。テリはウルフィーという名前の犬を飼っていて、自分のベッドの上には絶対にあがらせなかった。一年のうちに私たちは婚約した。その次の一年のうちに結婚した。

二〇一〇年七月十五日、妻のテリと私は、下の娘のイサベルを定期健康診断に連れて行った。娘は九カ月でまったくどこも悪くないように見えた。最初の歯が生えてきて、家族と一緒にディナーテーブルについて、バブバブ言いながらお米のシリアルを口に放りこむようになっていた。元気なかわいい子で、人見知りもしない——冗談を言わせてもらえば、この性格は生来陰気な父親から遺伝しなかったものだろう。

テリと私は、子供の健診には二人で一緒に行くようにしていた。今回はもうじき三歳になる上の娘のエラも連れていくことにした。ゴンザルズレス医師のオフィスの看護師は、イサベルの体温と体重と身長と頭囲を測った。エラは同じ関門をくぐらなくていいので得意気だった。G医師（そう呼んでいた）は、イサベルの呼吸音を聴き、眼と耳を調べた。コンピュータにイサベルの発育表を表示した。身長は標準値、体重はやや標準値に満たない。特に問題はない——二標準偏差を上回っている頭囲以外はなにも。G医師はこのことを気にかけた。イサベルをMRIに送るのをしぶり、次の日に超音波検査の予定を入れた。

家に帰ってもイサベルは落ち着かず、いらいらしていた。寝つくまで大変だった。G医師のところに行かなければ、単に疲れているだけだと思ったろう。しかしすでに、恐怖に立脚した別の解釈のフレームワークが存在していた。その夜遅く、ぐずるイサベルを落ち着かせようとして、夫婦の寝室から連れだした（赤ちゃんといつもいっしょに寝ていたのだ）。キッチンで子守唄のレパートリーを一通り歌った。「ユー・アー・マイ・サンシャイン」、「きらきら星」、それにこどものころ習って奇跡的にボスニア語の歌詞を覚えていたモーツァルトの歌だ。普段、この三曲の子守唄を執拗に繰り返し歌っているとなんとかなるのだが、今回はイサベルが私の胸に頭を押しつけて静かになるまで、さほど時間はかからなかった。まるで、私を慰めてくれるかのよう、全部うまくいくよと言い聞かせるかのようだった。不安を抱えながら、いつか将来、この瞬間を思い出して、だれかに――多分、イサベル本人だ――私を落ち着かせてくれたのはきみだったんだよ、と言う場面を想像した。娘はそう、私を気づかってくれたのだ。ほんの九カ月だったのに。

翌朝、イサベルは頭の超音波検査を受けるあいだじゅうずっと、テリの腕の中で泣いていた。帰ってきてすぐ、G医師が電話をしてきて、超音波検査の結果、イサベルは水頭症で、すぐに救急部《エマージェンシールーム》に行かなくてはならないと告げられた。命の危険がある。

シカゴ小児記念病院の救急部の検査室は灯りを落としてあった。イサベルにCTスキャンを受けさせるため、医師たちは麻酔をかけなくていいように、自然に寝つくまで待っていてくれた。しかし、つづけてＭＲＩを受ける可能性があるので、なにも食べさせてもらえず、空腹でずっと泣いていた。研修医《レジデント》が派手な色の風車をかしてくれたので、吹いて気を散らそうとした。ぞっとするような可能性の薄闇で、私たちはこれから起こることをただ待っていた――その正体を想像できないほど怯えきっていたのだ。

小児脳神経外科の部長のトミタ医師は、ＣＴスキャンの結果を説明してくれた。イサベルの頭の脳室は大きく、液体で満たされている。髄液の流れを妨げているものがある。トミタ医師が言うには、「腫瘍の増大」だ。すぐにＭＲＩが必要だ。

麻酔が効くまで、テリはイサベルを両腕に抱いていた。イサベルの頭が、急にテリの胸にずしりと落ちたようになった。一時間に及ぶＭＲＩのため、イサベルを看護師に手わたした。イサベルをまったくの他人にあずけるのはこの時がはじめてだった。知らせを聞くのが怖くてそそくさと立ち去った。病院の地下のカフェテリアは世界で一番悲しい場所だった――未来永劫そうだろう。気味の悪いネオンとグレーのテーブル、わが子の苦しみに背を向けてグリルチーズサンドイッチを食べる人々のうっすらとした気配。ＭＲＩの結果についてはあえて思いをいたさなかった。私たちはイマジネーションを遅延した。恐ろしくはあったが、それでもまだ未来へと延びていかない瞬間に係留したのだ。

画像診断室に呼ばれ、私たちは照明のきつい廊下で、トミタ医師と出くわした。こう、告げられた

――「イサベルには腫瘍があると思います」。トミタ医師はＭＲＩ画像をコンピュータで見せてくれた。イサベルの脳の中央の右側、小脳、脳幹、視床下部の真ん中に居座っているまあるいものがあった。ゴルフボールぐらいの大きさです――トミタ医師は言った。でも、私はゴルフなんてどうでもよかったし、医者の話からなにも思い描けなかった。彼が腫瘍を取り除いてくれて、そして病理報告が出てやっとそれがなんなのかわかるのだ。「でも奇形腫《テラトイド》みたいに見えるね」と医者が言った。テラトイドという言葉がなにを指すのかわからなかった。この言葉は私の言語と経験の外部にあって、想像不能かつ理解不能な領域に属していた――トミタ医師が私たちを導きいれた領域だ。

　イサベルは回復室で無邪気に眠っていた。テリと私は手と額にキスをした。二十四時間かそこらで、恐ろしいまでに、不可逆的に変わってしまった。イサベルのベッドのかたわらで、以前と以後に私たちの生活を分けてしまった瞬間の内側で、私たちは泣いた――この瞬間のせいで「以前」からは締め出されてしまい、「以後」が果てしなく広がっていった――まるできらきら星が爆発して、苦痛の暗黒宇宙が広がっていくように。

　トミタ医師の発した言葉がなんなのか、はっきりしないまま、私はインターネットで脳腫瘍を調べ、イサベルの脳のものとほぼ同じ腫瘍の図を見つけた。そいつを見つけた瞬間、テラトイドがなんなのかわかった。正式名称は非定型奇形腫様ラブドイド腫瘍（ＡＴ／ＲＴ）とあった。これは、極めて悪性度の高い、非常に稀な、百万人に三人しか発生しない腫瘍で、小児脳腫瘍の約三パーセントがこれにあたる。三歳未満の小児の生存率は十パーセント以下。ほかにもまだ検討すると気がくじけそうになる統計データがあったが、画面から身をもぎはなした。かわりにイサベルの医師たちとだけ話をし、彼らを信頼することに決めた。もう二度とインターネットでイサベルの病気を調べるのはやめだ。自分が知ってしまったことをテリに話すのは大変だった。おぞましい可能性から妻を護ってやりたかったのだ。正気を失わないためには知識とイマジネーションを制御する必要があると、私にはもうわかっていたのだ。

七月十七日土曜日、トミタ医師とその脳神経外科チームはイサベルの脳にオンマヤリザーバーを埋めこんだ。溜まった脳脊髄液（ＣＳＦ）を排出することで、周囲を圧迫するのを緩和するためだ。脳神経外科の病床に戻ってきたとき、いつもと同じように、イサベルは毛布を蹴りだしてしまっていた。これをいい兆候と思うことにした。長い旅路の希望に満ちた第一歩だと。週末に予定された腫瘍除去の手術を待つために、月曜日に病院から出された。自宅に戻って待機した。

テリの両親は街にいた。テリの妹がイサベルの健診の日に二人目の息子を出産したからだ。イサベルの病気で忙しく、家族に新しい命が加わったことまで気がまわらなかった。そして、エラは週末を祖父母といっしょに過ごしていた。家族になにか大変なことが持ちあがり、両親がいないのはそれと関係しているとはうすうす感づいてはいるようだった。うららかな火曜日の午後、みなで散歩に出かけた。イサベルはテリのお腹に括りつけていた。その日の晩、イサベルが熱を出したので、救急部に駆けこんだ。発熱は感染症を併発したことを意味していて、異物（この場合、オンマヤリザーバー）を幼児の頭部に挿入した場合には珍しくない事態だった。

イサベルは抗生物質を投与され、スキャンを一、二度受けた。オンマヤリザーバーは取り外された。水曜日の午後、エラと過ごすため病院から家に戻った。近所のファーマーズマーケットに連れていくと約束していたのだ。約束を守ることは、破局が進行しつつあるただ中にあって、大切なことだった。ブルーベリーと桃を買った。家に帰る途中、いきつけのパン屋でとびきりのカンノーロを買った。エラにイサベルが病気なこと、腫瘍のことを説明し、今晩おばあちゃんといっしょにいなくてはならないと言った。エラは文句も言わなければ、泣きもしなかった。三歳児ができる範囲で苦難に理解をしめしてくれた。

カンノーロを手に病院に戻ろうと、車にむかって歩いていると、とにかく急いで病院に来てくれとテリが電話してきた。イサベルの腫瘍が出血したのだ。緊急手術が必要だ。イサベルと手術室に入る前に、トミタ医師が話をするために待っていてくれるという。病院までは十五分かかった。交通はまったく別の時空に属していた――人々は道を急いでわたることもなく、幼児の命が危険にさらされることもない。万事、災厄から免れて悠然自適としていた。

病室で、カンノーロの箱を持ったまま、私が見たのはイサベルに覆いかぶさって泣くテリの姿だった。イサベルの顔は死人のように真っ白だった。トミタ医師もそこにいた。コンピュータの画面にはすでに画像が映しだされていて、脳内の出血の様子がわかった。ひとたびCSFが流れ出てしまうと、腫瘍が空いたスペースに広がって血管が破裂したのだ。一刻も早い腫瘍の除去が唯一の希望だが、イサベルが失血死する危険が目に見えてある。これくらいのこどもには一パイントの血もないのです――トミタ医師は言った。輸血をしつづけてもうまくいかないかもしれない。

イサベルを手術準備室まで付き添う前に、カンノーロを病室の冷蔵庫にしまった。その行為があまりに計算高かったので、即座に罪の意識が芽生えた。あとになってはじめてわかったが、この馬鹿げた行為こそ、どんなに絶望的な状況でもなにか望みをつなごうという意識のあらわれだったのだ。カンノーロは私たちが将来生き延びるために必要だったのだ。

手術は四、六時間もかかるものだった。トミタ医師のアシスタントが都度知らせをくれる。私たちはイサベルの紙のように白いおでこにキスをして、マスクをした見知らぬ人々の集団によってストレッチャーで娘が未知なる世界に運ばれていくのを見ていた。テリと私は部屋に戻って、自分の子がその夜を生き延びられるのか固唾を呑んで待つことになった。私たちは交互に泣いては黙り、始終抱き合っていた。数時間後にアシスタントが電話してきてイサベルはよくなったと言った。祝うためではなく、なんとかやっていくためにカンノーロを分けあった。食事も睡眠もまったく足りていなかったのだ。部屋の電気は薄暗かった。私たちはカーテンで間仕切りされたベッドに座っていた。なぜだか、誰かに煩わされるということはなかった。私たちは世界から遠くはなれていた――ファーマーズマーケットやブルーベリーがある世界から、看護師が勤務を交替して噂話を交わしあう世界から、他のこどもたちが命を授かって生きていく世界から、祖母が孫を寝かしつける世界から遠くはなれていた。生まれてこの方、その晩の妻ほど誰かを近くに感じたことはなかった。私が感じたことを月並みな表現にあてはめるなら、超越的な愛というのがまさにそれだった。

深夜十二時を少しまわったころ、アシスタントが電話で、イサベルが手術をのり越えたと伝えてくれた。トミタ医師に会ったのは、待合室の外だった――その中では、また別の不運な親が居心地の悪いベッドで寝て、自分自身の悪夢に絡めとられていたのだ。トミタ医師の意見では、腫瘍の大部分を除去できたという。幸いにして、腫瘍は破裂せず、脳に血が流れだすことはなかった。もしそうなっていたら、致命的だったろう。イサベルはよくがんばり、ICUに一時的に移されるので、そこで会えると言われた。思い返せば、この瞬間は相対的に幸せなときだった。イサベルは生きている。差しあたっての結果だけが、当座の問題だ。私たちが望めるのは――それがなんであれ――次のステップに辿りつけるかどうかだけだった。未来なんてくそくらえだ。イサベルはいま生きている。これ以上のものなんてなにもない。

ICUには、点滴のチューブと、モニターのワイヤーに絡めとられているイサベルがいた。自分で気管チューブを引きはがしてしまわないよう、ロクロニウム（そこの人間はみな「ロック」と呼んでいた）で昏睡させられていた。その夜はイサベルを見守りつつ、ぐったりした手の指にキスをして、歌ったり、本を読んであげたりして過ごした。次の日、iPodドックを設置して、音楽をかけた。音楽がダメージを受けた脳を回復させるという都合のいい迷信だけではなく、心をくじくような病院の音を迎え撃つためだ。モニターがビーッと鳴る音、人工呼吸器のぜいぜいいう音、廊下の看護師の無神経なおしゃべり、患者の容体が突如悪化するごとに突如として鳴り響くサイレン。バッハのチェロ・コンチェルトかミンガスのピアノ曲の伴奏にあわせて、私はイサベルの心拍数の降下を、血圧の上下を漏らさず心に刻んだ。モニター上の、残酷なまでに揺れ動く数値から目が離せなかった——じっと凝視していれば、結果も変わるかのように。私たちにできるのは、待つことだけだった。

人間の心には一種のメカニズムがあるのだと、私は信じるようになった。それがあるおかげで、自分自身の死を想像せずにいられる。覚醒から無に移行する瞬間を、その完全なる絶望につきまとう恐怖や無力感まで全部、ありありと想像できてしまえば、生きるのは難しい。生を構成する一切に死は刻印されていて、私たちの存在の一瞬一瞬は最後の瞬間と紙一重でしかないのは、耐えがたいほど明白なのだから。その不可避の瞬間は、間断なく私たちを圧倒し、打ちのめしてしまうので、賢くも心は考えるのを拒んだのだ。それでも、私たちは死へと成熟し、恐怖にひりつく足先をそろそろと虚無に浸すのだ——精神がなんとか死を和らげ、非在の闇の奥へと赴く瞬間に、神かなにか他の鎮痛剤が用をなすことを望みながら。

しかし、どうやってわが子の死を和らげるなんてことができるというのだろう。ひとつには、それは自分が無に帰してからかなり後に起こるものだからだ。子供は自分よりも数十年は長生きし、そのあいだ幸福にも親の存在という重荷なしに自分自身の生を生き、最終的に自分の両親と同じ死への軌道をまっとうする。忘却、否認、恐怖、終わり。子供たちは自分自身の死を処理するはずで、その点で（自分が死ぬことで死に向きあわせる以外には）親にできることはなにもない——死は理科の実習ではないのだ。もし仮にわが子の死を想像できるとしたら、なんだってそんなことをするんだろう？

しかし私は、強迫的な、破滅的な想像力に呪われてきた。そして心ならずも最悪の事態を想像することもよくあった。道を横断するときには車に轢かれるところを思い描いた。ホイールが自分の頭蓋骨を砕く瞬間の、車軸に積もった埃の層にいたるまでありありとだ。地下鉄の車内で電気が消えて身動きがとれなくなれば、列車にむかって火の海がトンネル一杯に押しよせてくるところを想像した。テリに会ってまもなく、私は苦痛を生み出す想像力をコントロールするようになった。子供たちが生まれてからは、なにか恐ろしいことが起こるのではというヴィジョンをすぐに消去することを学んだ。イサベルが癌と診断される二、三週間前、私は娘の頭が大きく、若干非対称なのに気づいて、疑問がよぎったのだ。脳腫瘍があったらどうしよう？　しかし、私の頭がおぞましい可能性を持ち去る前に、そんなことを考えるなと自分に命じた。イサベルはどこも悪くない。もし仮にわが子がゆゆしき病に冒されていると想像するとしたら、なんだってそんなことをするんだろう？

最初の切除の数日後、MRIで脳に腫瘍のかけらが残っていることがわかった。さらに癌を取り去ることができれば、生存率は上昇する。それでイサベルはもう一度手術を受けなくてはならなかった。そのあとでICUに戻された。さらにICUから脳神経外科に移されたのちも、CSFは排出されなかった。髄液排除のため、脳に外科的に経路が開けられ、脳室ドレーン（EVD）が挿入された。また発熱があった。EVDは除去された。イサベルの脳室は髄液で膨張し、ふたたび命の危険にさらされた。血圧は下降していった。追加の緊急スキャンが実施され、MRIのトンネルであおむけにさせられたので、イサベルは口から泡を吹いて嘔吐し、もう少しで窒息するところだった。最終的にシャントが外科手術で埋めこまれ、CSFが直接腹腔に流れこむようになった。三週間とたたないうちにイサベルは手術を二度受けた。左右の大脳半球のあいだから、脳幹と松果体、小脳が合わさる病変部にトミタ医師が到達し、腫瘍をすくいだした。加えて、CSFの排出不全に対処するため、六度の手術がおこなわれた。化学療法の薬を血流に直接投与するため、胸にチューブが埋めこまれた。なにより、手術不能のピーナッツ大の腫瘍が前頭葉に認められる。病理報告は、癌はAT／RTだと明言した。化学療法は、最初の健診の一か月後、八月十七日に開始が予定された。担当の腫瘍内科医のファングサロ医師とルラ医師は予後について話そうとしなかった。私たちがあえて説明を求めることはなかった。

イサベルの診察のあと二、三週間は、食事も睡眠も十分にとれなかった。大部分の時間をテリと私は病院でイサベルにつきそって過ごした。エラとも時間を過ごそうとした。エラはICUには入れなかったが、脳神経外科の病室には出入りでき、いっしょにいるときにはいつもイサベルを笑顔にしてくれた。エラは災難とうまく付き合っていた。サポーティヴ・ファミリーや親切な友人たちが家に来て、エラと遊んでくれ、長引く不在を埋めあわせる手伝いをしてくれた。イサベルの病気について話すと、エラは目を大きく開けて聞き入り、戸惑いながらも心配してくれた。

この試練がはじまって最初の数週間、ときおりエラは想像上の兄弟《イマジナリー・ブラザー》に話しかけるようになった。突如、吹き荒れるエラの言葉の嵐の中から、物語を汲みとってみた。ブラザーは一歳だったり、高校生だったりし、時折あまりはっきりしない理由でシアトルやカリフォルニアまで旅に出たかと思えば、結局シカゴに戻ってきてエラが独語する別の冒険物語に顔を出すのだ。

　もちろん、エラの年頃の子供にイマジナリーフレンドやイマジナリーシブリング《きょうだい》がいるのは珍しくない。私が思うに、イマジナリーキャラクターの創造は、獲得したばかりの言語能力の爆発に起因するのだ。その能力は二歳から四歳のうちに発現し、経験にそぐわないほどの言語の過剰を生みだしてしまう。子供は不意に手に入れた言葉を使ってみようとして、架空の物語を創ってしまうのだ。エラはカリフォルニアという言葉を覚えてはみたものの、自分の経験には関連するものはなにもなかったし、かといって抽象的に、いわばカリフォルニア性なるものを概念化することもできなかった。そこでエラは自分のイマジナリーブラザーをカリフォルニア州《サニーステイト》に配備することで、見てきたようにくわしく話せるようにしたのだ――つまりは獲得した言葉がこの物語を要請し、その言語が虚構の風景を必要としたのだ。同時にこの年齢での言語のうねりは、外部と内部の区別をつくりだした。子供の内部はいまや表現可能になり、それゆえ外部化できるようになった。世界が二倍になるのだ。エラは、ここにあるものと、別のところにあるものについて話ができるようになった。言語によって、ここと ここではないどこかを、時間上でも空間上でも結びつけたのだ。一度、夕食の席で、いまブラザーはどこにいるのとエラに訊いてみたことがある。部屋にいるの――癇癪《かんしゃく》をおこして、ぶっきらぼうな返事が返ってきた。

当初、エラのブラザーには名前がなく、身体的な特徴しかなかった。名前はなんていうの、と訊ねると、こんな返事が返ってきた――「グーグー・ガガー」。それはエラがなついていた五歳のいとこのマルコムが、言いたい言葉が出てこないときに使う意味のない音だった。チャーリー・ミンガスが我が家では神のような存在だったので、エラにミンガスなんてどうかとさりげなく言ってみると、名前はミンガスになった。そのあとでマルコムにもらったゴム製のエイリアン人形を、エラは存在があやふやなミンガスの依代《よりしろ》にした。エラはパンパンに膨らませたブラザーとよく遊んでいたが、エイリアンの物理的な存在は、ミンガスに親じみた命令をしたり、その大冒険物語を話すのにかならずしも必要だったわけではなかった。私たちの世界が不断の死の、閉所恐怖症になりそうな規模にまで縮小しつつある一方で、エラの世界は拡張しつづけていた。

非定型奇形腫様ラブドイド腫瘍は症例が非常に少ないため、専用にデザインされた化学療法のプロトコルがほとんどなかった。臨床試験に耐えられるほど大きい罹患者の子供の集団を集めるのが難しいということもあった。参照可能なプロトコルの多くは、髄芽腫とほかの脳腫瘍への処方を流用しつつ、凶悪な腫瘍であるAT／RTに対処すべく毒性を高めたものだった。こうしたプロトコルの中には局所的な放射線治療を伴うものもあったが、イサベルの年齢の幼児には重大かつ有害な影響を発達に与えてしまいかねない。イサベルの腫瘍内科医が決定したプロトコルはきわめて毒性の高いもので、六つのサイクルからなり、最後のものがもっとも強かった。実際、早い段階でイサベル自身の未成熟な血液細胞を抽出しておき、最後のサイクルのあとで再注入して（いわゆる幹細胞治療と呼ばれるプロセス）、消耗した骨髄を回復させなくてはならないほどだった。

化学治療のあいだ、イサベルは血小板と赤血球の輸血を受けなくてはならなかった。白血球数はその都度自力で回復させる必要もあった。イサベルの免疫システムは一時的に無効化され、回復するとすぐ別の化学療法のサイクルが開始された。脳を広範囲に手術したせいで、イサベルはもう立つことも座ることもできなくなってしまった。化学療法の合間に作業療法と理学療法もこなさなくてはならなかった。はっきりしない未来のどこかで、イサベルは自分の年齢にあった発育段階に戻れるだろうと言われた。

最初の化学療法のサイクルがはじまった時点で、イサベルは十カ月で、体重は十六ポンドしかなかった。体調のいい日には、イサベルはヒーローみたいににっこり笑ってみせた。いままで見たどんな子よりも、今後見るだろうどんな子よりもいい笑顔だった。調子のいい日はごくわずかだったが、そんな日にはイサベルと私たち家族にとっての未来図を描くことができた。イサベルの作業療法と理学療法の予約を入れた。友人や家族に何日に来てもらえると都合がいいと連絡をとることができた。次の数週間の予定をカレンダーに書き入れておくことができた。だが、未来はイサベルの健康同様あてにはならなかった——ただ次の、なんとか到達可能なステージに伸びているだけだ。サイクルの終わり。白血球数の回復。次のサイクルがはじまる前の数日間は、可能なかぎり健康に近づいてはいた。それ以上のことをイマジネーションが思い浮かべるのをやめさせた——病の結果、イサベルがどうなるのか、いずれの選択肢も考えるのを拒否したのだ。こと切れる瞬間のイサベルの小さな手を握りしめる場面を、自分が思い描こうものなら、そのヴィジョンを消去した。声に出して「だめだ！　だめだ！　だめだ！　だめだ！」と言って、テリをびっくりさせることもしばしばだった。私はもう一方の結果――助かること――を想像するのもブロックした。少し前から、自分が望むことはまさに自分がそう望んだからという理由で起こらないのではないかと、私は思うようになっていたからだ。良い結果が出るように、一切の煩悩を消し去るよう心をコントロールする術を編みだした――あたかも私の願いのせいで、この情け容赦のない宇宙を作りあげた敵意と悪意に満ちた力に自身が曝されてしまうかのように。私はイサベルが助かるところをあえて想像しなかった。そんなことをすれば、げんが悪いではないか。

イサベルの化学療法の第一サイクルがはじまって少したってから、心配した友人が電話をかけてきてくれた。最初に訊かれたのは「それで、いろいろとルーティンに落ち着いたかしら？」というものだった。イサベルの化学療法は実際、見かけ上は予測可能なパターンがあった。化学療法のサイクルは元来反復する構造をもっていた。化学療法の薬物が、決められたスケジュールで同じ順番で投与される。反応も予想できる。嘔吐、食欲減退、免疫システムの崩壊。食事がとれないためＴＰＮ（高カロリー輸液）を静脈に投与。制吐薬、抗真菌剤、抗生物質を定期的に投与。輸血の必要。発熱による緊急救命室への搬送数回。血球数の増加によって緩やかな回復が観測される。自宅で数日間穏やかな日々を過ごす。それから病院に戻って次のサイクルがはじまる。

イサベルとテリ（めったに娘のそばを離れなかった）が化学療法のために病院にいれば、私はエラと自宅で夜を過ごし、保育園まで送っていき、それからコーヒーと朝食を妻に届けた。そのあいだ妻はシャワーを浴び、娘に歌を歌ってやったり、いっしょに遊んだりしていた。私はイサベルが吐いたものを片づけ、おしめを交換したが、看護師が重さを測れるようにとっておいた。テリと私は、前夜のことやその日なにをしなくてはならないかを専門用語もどきを使って話し合った。医者の回診を待ち、自分たちではわからない疑問点を訊ねた。

「落ち着く」という人間の感覚は、勝手知ったる行動の繰り返しから生まれる——私たちの心と体は、前もって想定した状況に自分を適応させようとするものなのだ。しかし、イサベルに長続きするルーティンを確立することはできなかった。AT／RTのような病気は、生物学的にも、感情的にも、家庭的にもあらゆるルーティンを瓦解させてしまう。なにごとも予想通りになんてならないし、ましてや願った通りになるなんて望むべくもない。TPNがはじまって一日か二日経ったとき、突然イサベルにアナフィラキシーショック症状が出てしまい、全身がたちまち腫れあがって呼吸困難になってしまったことがあった。私たちは自宅にいたのだが、急いで緊急救命室に駆けつけることになった。突然やってくる危機のほかにも、日常的な地獄もあった。咳はほとんど途切れることがなく、そのせいでしょっちゅう嘔吐した。発疹ができたり、便秘にもなったりした。イサベルは意欲が減退し、ぐったりしてしまった。発熱の初期兆候があると緊急救命室に行った。イサベルによくなるよとは絶対に言えなかった。こんなこと、いくら繰り返そうが慣れるなんてできるはずがない。ルーティンの落ち着きは、外の世界に属していた。

ある日の早朝、車を病院に走らせていると、いかにも壮健で快活なランナーの一群が目にはいった。フラートン・アヴェニューを、うららかな湖畔にむかって歩を進めているのだ。そのとき、自分がアクアリウムの中にいるという強烈に身体的な感覚に襲われた。私は外を見ているが、外の人々は内側にいる私を見ている（もし気にとめればの話だが）。だが、私たちが生き、呼吸している環境はまったく別物なのだ。イサベルの病気と私たちの苦闘は、外の世界とほとんど関係がなかったし、ましてやなんの影響も与えていなかった。テリと私が収集していた情報は、眼をそむけたくなるような、望ましくないもので、外の世界ではどこにも持っていき場がなく、誰の関心も惹かないものだった――ランナーたちはのろのろ走って自己研鑽に励んでいた。人々は揺るぎない日々の生活を享受していた。拷問役人の馬は相変わらず無心な尻を木にこすりつけている。(1)

イサベルのAT／RTは、内側にある私たちの生活のすべてを、強烈なまでに重々しく、リアルなものにしてしまった。外側のものすべては、非現実と言うよりは、理解可能な実質を欠いたように映った。イサベルの病気を知らないひとから「最近なにかあったかい」と訊かれて話をしたとたん、彼らは自分の生活に猛烈な勢いで退却してしまうのだ――その生活が宿る遠い地平線では、価値観がまったくちがっていた。税理士にイサベルが重い病気なんだと告げると、こう言われた――「でも、あなたは健康じゃないですか。それが一番です！」静かに航行する世界は、気の利いた言い回しやクリシェに立脚していて、私たちの禍《わざわ》いとは一切の論理的、概念的な繋がりをもたなかった。

善意の人々と話すのは大変だったが、その話を聴くのはさらに大変だった。彼らは親切で、協力的だったので、テリと私はそのおしゃべりも嫌な顔をせずに我慢していた。なにを話したらいいかわからないだけなのだから。虚しい、使い古した言語の手なりの領域に引きこもることで、私たちの困難から身を守っていたのだ。だが、賢明にも言葉によるサポートに手を出さない人々と付き合う方がずっと楽だった。そして、ごく親しい友人たちはそうした方がいいとよくわかっていた。大切なことがなにか教えてくれるルラ医師やファングサロ医師と話をするほうが、「踏みとどまれ《ハング・イン・ゼア》」と言われるよりもずっとましだった（その言葉を言われるたび、「踏みとどまる場所がないよ」と答えるようにしていた）。私たちは、究極の決まり文句で慰めてこようとする人間から距離をとった——その言葉とは神だ。病院付きの司祭は、周囲には一切近寄らせないことにした。

一番よく耳にした決まり文句は「言葉がない」だった。だが、テリと私にとって言葉がないどころではなかったのだ。私たちの体験を表現できないというのは、まったくのまちがいだった。テリと私には今起こっていることを語り合うだけの言葉が山ほどあったし、実際そうしたのだ。ファングサロ医師とルラ医師の言葉は常に痛いほど正鵠を射ていたし、言葉がないなんてことはなかった。コミュニケーションに問題があるとすれば、むしろ言葉がありすぎることだった。それは他人に背負わせるには、あまりに重く、特殊に過ぎたのだ（イサベルの化学療法の薬を例にとってみよう——ビンクリスチン、メトトレキサート、エトポシド、シクロホスファミド、シスプラチン——最悪の禁忌目録に名を連ねる魑魅魍魎《ちみもうりょう》ども）。もしなにかないものがあるとすれば、それはルーティンや気の利いた言い回しの機能性だった——クリシェの座りのよさがいまや不適当かつゴミ同然のものになった。本能的に私たちは、自分の知識から他人を保護した。他人には言葉がないと思わせておくことにした。彼らには、私たちが日々使っているボキャブラリーに親しんでほしくなかったからだ。彼らは私たちの知っていることを知りたがらないと信じていたし、私たちの方でも知りたいとは思わなかった。

私たちのいる内側には、ほかに誰もいなかった（そして、話ができるからといって、誰か、子供がAT／RTになった親がいてほしいなんてちらりとも思ったこともない）。「こどもが脳腫瘍・脊髄腫瘍になったときのリソース・ガイド」——わが子の脳腫瘍と向き合うために病院がくれた——には、AT／RTはごくまれな腫瘍のため、「議論が深まっていない」と書かれていた。事実上、完全に無視されていたのだ。私たちは、ごく小規模な、小児癌患者の家族のグループとすら交流できなかった。私たちが踏みとどまっていたアクアリウムの壁は、他人の言葉でできていたのだ。

一方、ミンガスはエラの、言語能力の向上と拡大のきっかけになった。友だちにもなり、やすらぎも与えてくれた——どちらもテリと私がなかなかやれないものだった。朝、保育園に車で送っていく途中、エラはずっとミンガスの話を切れ目なくしゃべっていたが、物語のプロットは難渋をきわめ、ほとばしる言葉の奔流の奥深くに埋もれてしまっていた。ときおり、エラがミンガス（エイリアンでも、完全に想像上《イマジナリー》の存在でも）に架空の薬をあたえ、体温を測るのを目にするようになった。それだけでなく、エラは病院や、両親の会話から収集したイサベルの病気についてのボキャブラリーを使って遊んでいた。エラはミンガスは癌で、検査を受けているが、二週間以内によくなると言った。一度、ミンガスにはイサベルという小さな妹がいたこともあった――エラ自身の妹とはまったくちがっていた――この子も癌があったが、やはり二週間でよくなるのだった（思うに二週間が、テリと私にとって当時想定可能な未来の範囲だったのだろう）。イサベルの病気についてなにか耳にはさんだり、両親の会話から覚えた言葉があれば、エラはいちいち自分のイマジナリーブラザーを使って処理していた。エラははっきりと妹を恋しがっていたので、その点でもミンガスは慰めになった。エラは家族がひとつになってほしいと心から思っていた――それこそがおそらく、ある日ミンガスが自分自身の両親をえて、いっしょに「すぐそば」に引っ越し、翌日また戻ってきた理由なのだろう。エラは自分の複雑な感情をミンガスにあてがうことで外部化し、ミンガスがその感情にしたがって行動したのだ。

ある日の朝食で、オートミールを食べながら、エラはミンガスのことを熱をこめていつまでもぶつぶつしゃべっていた。そのとき、エラは私が作家として何年もやってきたことをそっくりなぞっているのだと閃いてバツが悪くなった。私の本の架空の登場人物たちは、私が自分では理解できないことを理解させてくれた（つまりは、これまでのところほとんどあらゆる事象についてなのだが）。エラとそっくり同じように、私には言葉がありあまっていて、その量ときたら私自身の惨めな伝記に収まりきるものではまるでなかった。私には自分を拡張してくれる物語空間《ナラティヴ・スペース》が必要だった。私には人生ももっとたくさん必要だった。形而上的な癇癪をぶつけるために、私にも両親がもう一組必要だったし、自分以外の誰かが必要だった。そんなアバターたちを、私は融通無碍《ゆうずうむげ》な自己像のスープを煮こんでこしらえたのだが、もちろん彼らは私ではない——私がやらないし、できないことを彼らはやるのだ。エラがミンガスの話の風呂敷をどこまでも広げていくのを聞いていて、物語を話したいという欲求は、私たちの精神に深く埋めこまれているのだとわかった。それは言語を生成し、吸収するプロセスと分かちがたく絡み合っているのだ。物語の想像力《ナラティヴ・イマジネーション》——ひいてはフィクション——は、生き残るために必要な進化論的手段だった。私たちは物語を語ることで世界を紡ぎ、想像上の自分とつきあうことで人たる知恵を生み出したのだ。

しかし凡庸な作家である私が、キャリアの中で培ってきた知恵なんてものは、AT／RTアクアリウムの内側では何の価値もなかった。私には、いま目の前で起こっていることを把握する役に立つ物語を書くことができなかった。イサベルの病気を前に、私の想像力は発揮の余地なく蹂躙されてしまった。私の関心事は、こちらの胸元に頭を押しつけてイサベルがたてる息づかいの堅固なリアリティ、子守唄を三曲歌う間に眠りに落ちるこの具象性だけだった。私は、イサベルの笑顔と笑い声のほかには何も望まなかったし、想像すらしなかった——このイサベルの苦しみに満ちた、だがそれでもなお美しい命のほかには何も。

イサベルが第三サイクルの最後の薬（シスプラチン）を投与されたのは、十月の日曜日の午後だった。イサベルが月曜の朝に自宅に帰って、なんとか二、三日はいられればいいと思っていた。エラはその日の午後見舞いに来て、いつもするみたいにほっぺたを少しつまみとって食べるふりをして笑わせてくれた。エラが帰ったあと、イサベルは興奮していた。むずがっているイサベルにパターンがあるのに気がついた。部屋の大きな時計の長針を見て、イサベルが約三十秒ごとに身をよじり、べそをかくのに気がついた。テリが看護師を呼び、看護師が腫瘍内科医に電話で連絡し、腫瘍内科医が神経科医に連絡し、神経科医がほかのだれかに連絡した。ごく軽い発作ではないかというのが彼らの意見だったが、原因は不明だった。それから本格的な発作がきた。痙攣しながら、イサベルは眼をむき、口から泡を吹いた。テリと私はイサベルの手を握り、話しかけたが、私たちのことがわからなくなっていた。イサベルはICUに緊急搬送された。

ICUでイサベルにどんな薬が投与されたのか、どんな処置を受けたのか、あの夜のほかの出来事同様いまとなってははっきりしない。想像できないことは思い出せないのだ。イサベルの血中ナトリウム値は急激に低下しており、そのせいで発作が起きていたのだ。それをくい止めるために、あらゆる手が尽くされた。気管チューブが挿入され、ロックがふたたび投与された。イサベルはICUに宿泊して、血中ナトリウム値を安定させることになった。

しかし、そうはならなかった。二、三日すると、ロックの投与をやめ、気管チューブが取り外された。TPNを犠牲にして塩化ナトリウム溶液を持続的に投与したが、血中ナトリウム値はもう正常値に戻らなかった。ハロウィーンに、テリがエラを近所にトリックオアトリートに連れていっているあいだ（前からの約束だったのだ）、イサベルは私の胸元でそわそわしていた。前日の晩はエラと家で過ごしたのだが、腕の中のイサベルが不意に痛みを感じたみたいにびくっと反り返って、とり落としてしまう夢をみた。地面に激突する瞬間、叫び声をあげて夢から抜けだした。ＩＣＵで、イサベルをなんとか落ち着かせようとして、私は三曲の子守唄を何度もしゃにむに繰り返した。イサベルがなんとか眠りにつくときでさえ、私はその呼吸が一度止まってしまい、びっくりするくらい間が開いたあとでまたはじまったように感じられた。当直の看護師によれば、入眠時無呼吸は赤ん坊にはよくあるそうだが、そんな見え見えの嘘を吐かれてもいらいらするどころか恐怖のどん底に突き落とされてしまった。看護師は当直の医師に連絡し、記録すべきことを時間通りに記録した。そのあとすぐ、私はテリと交代して、エラのいる自宅に戻った。

真夜中に電話が鳴った。テリがファングサロ医師に電話を替わった。血圧を維持するのが「非常に困難」だという。一刻も早く病院に駆けつけなくてはならない。

エラを義理の妹の家で降ろし、私は病院に急いだ。イサベルの部屋の前にはＩＣＵのスタッフで人だかりができていて、みな中をのぞきこんでいた。そこではイサベルが医師と看護師の一団に取り囲まれていた。イサベルはむくみ、まぶたは腫れていた。小さな両腕には針が何本も刺され、血圧を押し上げるための薬が投与されていた。ファングサロ医師とルラ医師は私たちを座らせて、イサベルは危篤だと告げた。イサベルを救命するためにできることは全部やってほしいかと問われた。私たちはイエスと答えた。いつそれをやめるのか、医師に伝えるのは私たち自身なのだということを、二人ははっきりさせたのだ。

そして、記憶は崩壊した。

テリは隅に座ってずっと静かにすすり泣いている。その顔に浮かんだ恐怖は文字通り言いあらわせない。白髪頭の受持医（あれからずっと、その顔がこちらを見つめているのに、名前はどこかに消えてしまった）は、研修医にイサベルの胸を交替で押すように命じている。心臓が鼓動をやめてしまったのだ。私が「ぼくの赤ちゃんが！　ぼくの赤ちゃんが！　ぼくの赤ちゃんが！……」と泣いていると、医師たちがイサベルを連れ戻す。テリと私は別の決断をしなくてはならない。イサベルの腎臓は機能を停止してしまったのだ。透析が必要であり、そのためには直ちに外科的介入をしてイサベルと人工透析機をつながなくてはならない――イサベルが手術に耐えられない可能性はかなり高い。私たちはイエスと言う。イサベルの心臓は再び停止し、研修医が胸を押す。外の廊下では、知らない人々が集まってイサベルを応援している。中には目に涙を浮かべているひともいる。「ぼくの赤ちゃんが！　ぼくの赤ちゃんが！……」――私はずっと泣き叫んでいる。私はテリとハグをする。イサベルの心臓がふたたび動きはじめる。白髪頭の医師が振り返って言う――「十二分だ」。私には何の話か理解できない。しかし、しばらくして悟る――イサベルは十二分間、医学的に死んでいたのだ。それから再び心臓が動くのをやめる。若い研修医が、気のりしない様子で胸を押しつづけている――やめてくれと言われるのを待っているのだ。私たちはやめてくれと言う。彼女はやめる。

必死に押さえこもうとした（でも間に合わなかった）ヴィジョンの中で、私はわが子の死の瞬間を予見していた。しかし、想像しまいと必死に努力した挙句、私が想像していたのは、静かで映画的とも言える瞬間だった——テリと私が安らかに息を引き取ったイサベルの手を握るという。私にはあのとき感じたほどの強烈な痛みを、あえて想像するということはできなかったのだ——看護師がチューブとワイヤーをすべて取り外し、部屋から誰もいなくなり、テリとともに死んだわが子を抱いたときに感じたほどの痛みを。私たちの美しい、笑顔を絶やさない娘の身体は、投与された液体でむくみ、散々押されたせいで痛めつけられている——その頬とつま先にキスをした。その瞬間のことは完全な、痛烈なまでの明晰《めいせき》さで覚えているが、それでもまだ私にとっては想像できないままなのだ。

そんな瞬間からどうやって抜け出せるのだろう？　どうして死んだわが子を置いて、あの生活と呼んでいるそらぞらしいルーティンだかに戻っていけるのだろう？　私たちはイサベルをベッドに降ろし、シーツをかけた。サインしなくてはならない書類にみんなサインした。荷物をまとめた。イサベルのおもちゃ、自分たちの衣類、ｉＰｏｄドック、食事のタッパー……「以前」の残骸だ。部屋の外で誰かがついたてを立てて、外から見えないようにしてくれていた。イサベルを応援してくれていた善い人々はみんなどこかに行ってしまった。物を詰めこんだ大きなビニール袋を抱えて——難民みたいだ——道を渡ったところにある駐車場まで歩いていった。そして車に乗りこむと、無意味な道を走って義理の妹の家に向かった。

死を受け入れるのにどれほどの精神力が必要なのかわからないが——そして（もしそんな風になっているとしての話だが）何歳ごろそれを獲得するのかわからないが——エラにはそれがあるようだった。妹が死んだと告げられると、エラの顔にはそのことをはっきりと理解した表情がふっと浮かんだ。エラは泣きだしたが、その泣き方は子供らしくないとしか言いようがなかった。そしてこう言った——「イサベルって名前の妹がもうひとりほしい」。この言葉の意味は、まだ解析中だ。テリ、エラ、私——ひとり欠けた家族——は、家に帰った。十一月一日。「死者の日」(2)だった。イサベルが健診を受けてから百八日が経過していた。

宗教の一番卑しむべき誤謬とは、苦難を貴いもの、啓示や救済に至る道の第一歩であると説くところにある。イサベルの苦難と死は、あの子にとって、私たちにとって、世界にとってまったくの無価値だった。イサベルの苦難の対価は、その死だけだった。学ぶ価値のある教えなんてなにもなかった。誰かの益になる経験なんてなにも得られなかった。イサベルはまずまちがいなく、昇天してどこかいい場所に行ったわけではないだろう——イサベルにとってテリの腕の中、エラのとなり、私の腕の中よりもいい場所なんてどこにもなかった。イサベルがいなくなって、テリと私は持って行き場のない愛の大洋に取り残されてしまった。イサベルにつぎこんでいた膨大な時間が余っていることに気がついた。私たちは、イサベルでしか埋めることができない虚無を内側に抱えたまま生きるしかなくなった。イサベルの消せない不在は、いまや私たちの身体の一器官になった——その器官の唯一の機能は、ただ哀しみを分泌しつづけることだ。

エラはイサベルのことをよく話している。イサベルの死について話すとき、エラはとても真剣で、その言葉は胸を打つ。エラはなにが起こったのか、それがどんな意味を持つのかよくわかっている。エラが抱えている問いと願いは私たちのものと同じだ。一度、眠る前に、こう訊かれたことがある——「なんでイサベルは死んだの?」こう言われたこともある——「死にたくないの」。ごく最近には、エラはテリに、イサベルの手をもう一度握りたいこと、イサベルの笑い声が恋しいことを突然語りだしたことがあった。何度か、私たちがイサベルがいなくて寂しいかと訊ねると、エラは答えるのを拒み、いらいらした様子を見せたが、その理由が私たちにはよくわかった——どうしてそんなわかりきったことを言わなくちゃならないんだ、という。

ミンガスは健在で、存在代行業を着実にこなしている。ミンガスはうちにしょっちゅう泊まりにくるが、住んでいるのは前と同じ「すぐそば」のところで、自分の両親と、その都度人数の変わるきょうだいたちと暮らしている。ついこの前は弟のジャッコンとクリフに、妹のピカデリーだった。ミンガスには自分の子供もできた——(ある時聞いた話では)息子が三人いて、うちひとりはアンディという名前だそうだ。家族でスキーに行ったときには、ミンガスはスノーボード派だった。ミンガスに家族でロンドンに行ったときには、ミンガスはネブラスカに行った。ミンガスはチェス(エラの言葉だと「チェスト」)がとても上手いらしい。ミンガスはエラになにかを大声で言うこともあれば(「ミンガス黙って!」と怒鳴り返されている)、自分の声がないときもある。でも、あとからイサベルの声音で話すこともある。ミンガスは腕のいいマジシャンでもある。ミンガスが魔法の杖を一振りすれば――エラはそう言うのだけど――イサベルはまた現れるのだ。

訳注

他者の人生

（1）ソ連・共産圏における少年団。

あり得ざることあるならばあれ

（1）ペタル二世ペトロビッチ＝ニェゴシュ『山の花環　小宇宙の光』田中一生・山崎洋訳、幻戯書房、二〇二〇年、七一―七五頁。

私の人生の本

（1）アメリカの文学者。ニュークリティシズムの代表的批評家として有名。

フラヌールの生活

（1）ソール・ベローの短編「ゼットランド」より。該当部分の翻訳にさいして以下の既訳を一部参考にした。「（翻訳）ソール・ベロー「ゼットランド」」橋本賢二訳『大阪教育大学英文学会誌』五〇号、二〇〇五年、二九―五〇頁。

（2）「でもこの特殊地区［シカゴ］の一部になったとたん、もはやだれも愛せなくなる。鼻の折れた女を愛するのに似ている。美しいものを美しいとみとめても、でも美しいものは現実じゃあないんだ」。ネルソン・オルグレン『シカゴ、シカゴ』中山容訳、晶文社、一九八八年、四四頁。

私がなぜシカゴから出ていこうとしないのか、その理由――網羅的ではない、ランダムなリスト

（1）ドラマ『フレンズ』の出演者のひとり、デヴィッド・シュワイマーはシカゴ在住。

（2）フィリップ・ラーキンの詩「樹々」より。『フィリップ・ラーキン詩集』児玉実用・村田辰夫・薬師川虹一・坂本完春・杉野徹訳、国文社、一九八八年、二二八頁。

（3）ソール・ベローの短編「いとこたち」の一節。弁護士のアイジャーは、審理中のマフィア、従弟のタンキーを助けようとする。

（4）レイクショア・ドライブは夜間は左車線が白、右車線が赤にライトアップされる。

（5）ラサール・ストリートは狭い通りに高層ビルが屹立していることから「渓谷《キャニオン》」とあだ名されている。

（6）スタッズ・ターケル（一九一二―二〇〇八）。作家。生涯の大半をシカゴで過ごした。代表作『仕事！』など、無名の人物に対するインタヴューをおこなうオーラル・ヒストリー的手法の著作を得意とした。

グランドマスターの人生

（1）誰の目にも明らかだが、口に出せない問題をさす慣用句 elephant in the room をふまえた表現。

犬小屋生活

（1）シカゴに所在する映画の保存・教育を目的とした機関。
（2）tie the knot で「結婚する」の意味。
（3）「ア・マンション・オン・ザ・ヒル」と「ランブリン・マン」はどちらもハンク・ウィリアムスの『40グレイテスト・ヒッツ』に収録されている。

アクアリウム

（1）W・H・オーデンの詩「美術館」より。この有名な詩でオーデンは、ブリュッセルの王立美術館でピーテル・ブリューゲルの絵画を鑑賞したときの感想——目を覆いたくなるほど残酷な行為と、それとは裏腹にいつもどおり流れる日常——を書きとめている。引用されている箇所は、ベツレヘムで生まれた男の幼児を皆殺しにせよと命じたというヘロデ王の逸話を描いた「幼児虐殺」に霊感をえている。
　恐ろしい殉教でさえ、どこか名もない土地の
　うす汚れた場所で執行され、

そこでは犬は犬なりの暮らしをつづけ、拷問役人の馬は
その無邪気な尻を木にこすりつけていることを。

W・H・オーデン『もうひとつの時代』岩崎宗治訳、国文社、一九九七年、七三頁。

（2）主にラテンアメリカ諸国で故人を偲んで祝われる祝日。

訳者あとがき

1

本書はアレクサンダル・ヘモンによる *The Book of My Lives*（二〇一三）の邦訳である。本書は著者はじめてのノンフィクションとして、各媒体に発表してきた散文をまとめたものだ。以下にそれぞれの初出を列挙しておく。

1．「他者の人生」
"The Lives of Others," first published as "The Other Questions" in Der Andere Nebenan: *The South-East-European Anthology*, ed. Richard Swartz, S. Fischer Verlag, Germany, 2007.

2．「サウンド・アンド・ヴィジョン」

"Sound and Vision," first published as "To Catch a Thief" in *The Guardian Weekend*, July 10, 2004.

3.「家族の食卓」

"Family Dining," originally published as two pieces: "Rationed," *The New Yorker*, September 3, 2007; and "Borscht," *The New Yorker*, November 22, 2010.

4.「カウダース事件」

"The Kauders Case," *McSweeney's*, Issue 8, 2002.

5.「戦時の生活」

"Life During Wartime," *The New Yorker*, June 12, 2006.

6.「魔の山」

"The Magic Mountain," *The New Yorker*, June 8, 2009.

7.「あり得ざることあるならばあれ」

"Let There Be What Cannot Be," published as "Genocide's Epic Hero" in *The New York Times*, July 27, 2008.

8.「犬の人生」

"Dog Lives," first published as "War Dogs" in *Granta*, Issue 118, February 2012.

9.「私の人生の本」

"The Book of My Life," *The New Yorker*, December 25, 2000.

10.「フラヌールの生活」

"The Lives of a Flaneur," first published as "Mapping Home" in *The New Yorker*, December 5, 2011.

11.「私がなぜシカゴから出ていこうとしないのか、その理由——網羅的ではない、ランダムなリスト」

"Reasons Why I Do Not Wish to Leave Chicago: An Incomplete, Random List," first published in *Chicago in the Year 2000*, ed. Teri Boyd, 3 Book Publishing, 2006.

12.「神が存在するのなら、堅忍不抜のミッドフィールダーにちがいない」

"If God Existed, He'd Be a Solid Midfielder," *Granta*, Issue 108, September 2009.

13.「グランドマスターの人生」

"The Lives of Grandmasters," unpublished.

14.「犬小屋生活」

"The Kennel Life," first published as "In the Doghouse" in *Playboy*, August 2006.

15.「アクアリウム」

"The Aquarium," *The New Yorker*, June 13, 2011.

なお、すべての作品は本書に収録するにあたって、全面的に改稿されている。

長年創作を発表してきた作家にとって、初のエッセイ集というくくりになろうかという本書だが、決して余技的なものではないだろう。

「アクアリウム」は、二〇一二年のナショナル・マガジン・アワードのエッセイ・批評部門の最終候補に選ばれた。また、本書自体も二〇一三年の全米批評家協会賞の自伝部門の最終候補に選ばれている。

また本書は確認できるだけで、オランダ語、イタリア語、韓国語、クロアチア語、スペイン語、スロヴェニア語、セルビア語、ドイツ語、ノルウェー語、ボスニア語、ポーランド語にすでに翻訳されており、ヘモンの全作品のなかでも広く読まれ、読者に愛されている本だと思われる。

なお本書の原書であるハードカバー版では、謎めいた青いエイリアンの挿画がつかわれており、いくつかの国の版でも、同じ絵がつかわれているが、このエイリアンの正体は、本書の最終章である「アクアリウム」を読むと明らかになるしかけになっている。

2

ヘモンそのひとについてはすでに刊行されている訳書の訳者あとがきや、本書自体のなかで詳しくその生い立ちや来歴が語られているが、簡単にまとめておく。

アレクサンダル・ヘモン（愛称サーシャ）は一九六四年九月、いまはなきユーゴスラヴィア社会主義連邦共和国のボスニア・ヘルツェゴヴィナ社会主義共和国の首都サラエヴォで生まれた。ユーゴスラヴィアは多民族国家だが、ヘモン家もその例にもれず、父親はウクライナ系、母親はセルビア系だった。大学卒業後、ラジオや雑誌の仕事を経験したのち、九二年にアメリカ合衆国広報文化交流局主催の文化交流プログラムで渡米。しかし滞在中にサラエヴォはセルビア人勢力によって包囲され、帰国できなくなった。

ヘモンは滞在先のシカゴに残ることを決断し、グリーンピースの訪問運動などの職をいろいろと経験しながら英語で作品を書くようになる。とはいえ母語話者ではない言語で執筆するのは想像を絶する困難がともない、このときやはり第二言語で執筆したロシア出身の英語作家ウラジーミル・ナボコフの文体に多くを学んだという。九〇年代後半には作品が文芸誌に次々と掲載されるようになり、二〇〇二年には初の長編『ノーホエア・マン』が刊行され、高い評価を得る。二〇〇八年に刊行された長編第二作 *The Lazarus Project* は全米図書賞ほか数々の文学賞の候補になった。二〇一五年には長編第三作 *The Making of Zombie Wars* を刊行している。

現在はプリンストン大学でクリエイティブ・ライティングを教えながら、精力的に執筆活動をつづけている。近年は小説に限らず、さまざまなジャンルへの進出がめだっている。本書のあと、二〇一九年には本書につづくノンフィクションの第二弾として自分の両親について記した *My Parents: An Introduction* を刊行した。小説やエッセイにとどまらず、映画やドラマ・シリーズの脚本の執筆もおこない、今年公開される予定の映画「マトリックス」四作目の脚本をデイヴィッド・ミッチェル、ラナ・ウォシャウスキーと共同で務めることも発表されている。

3

本書自体の内容についてももう少し触れておこう。本書の原題 *The Book of My Lives* では、単数形の life ではなく複数形の lives がつかわれている（実際、「生 life/lives」は本書全体をつらぬくキーワードでもあり、各章のタイトルには life/lives がはいっているものも多い）。このことについて、作家は二〇一四年、本書の刊行後に来日したさいのインタヴューで次のように述べている。

理由がいくつかあります。まず、私や多くのボスニア人のように、戦争を経験した「戦争前の人生」と「戦争後の人生」という、人生を二つに分断する時点があります。すると、どうやって両方の人生をつなげ、一つの連続した体験として理解するかという問題が現れるのです。

もう一つはアイデンティティの捉え方です。私自身とボスニア人の知り合いのほとんどに当てはまることですが、自分の体験を経て、アイデンティティについて、すなわち何が「私」という人間を構築しているのかについてよく考えました。現時点での結論は、アイデンティティとは一つの「中心」や「本質」ではなくて複数の「人生」の可能性が実践できるような領域だということです。（アレクサンダル・ヘモン、都甲幸治「対談 文学という都市をつくる　アレクサンダル・ヘモン＋都甲幸治」米田雅早訳『早稲田文学』［第10次］、九号、二〇一四年。）

ボスニア人（内戦前はユーゴスラヴィア人）やアメリカ人という複数のアイデンティティを生きなくてはならないヘモンにとって、人生とは単一のものではなく、「そうだったかもしれない」可能性や分岐が積み重なって層をなしているものだ。また作家とは職業柄、作品の中で無数の登場人物の人生を描くものである。ヘモンがインタヴューなどで述べるように、登場人物は作者そのひとではないが、自分が歩んだかもしれない人生を歩んだ人物ではあるという。本書は通常の意味でのフィクションではないが、ヘモンは実生活real lifeについてもフィクションのような見方を（作家になる前ですら）してしまう（「カウダース事件」）。それはこういった考え方でもある――大きな、見えざる意志が働き、自分や他人を動かしているのではないか。自分は小説の登場人物や、チェスの駒のような存在なのではないか。

それを加速させたのは、ユーゴスラヴィア内戦、サラエヴォ包囲という、自分の想像をはるかに超えた世界史的な出来事である。第二次世界大戦ののちに建国された社会主義国家ユーゴスラヴィア連邦人民共和国は、一般に「七つの国境、六つの共和国、五つの民族、四つの言語、三つの宗教、二つの文字、一つの国家」と呼ばれるほどの多民族国家だった。しかしカリスマ的指導者だったチトーが死に、社会主義が求心力を失って東欧で民主化がすすむと、ユーゴスラヴィアの各共和国でも民族主義者が台頭し、独立をかかげて内戦状態に陥り、おびただしい血が流された（ユーゴスラヴィア成立や解体についての詳しい説明は訳者の手にあまるため、柴宜弘『ユーゴスラヴィア現代史』〔岩波新書〕など専門家による書籍を参考にしてもらいたい）。ボスニア・ヘルツェゴヴィナも例外ではなく、独立をのぞむボシュニャク人（イスラム系ボスニア人、本書ではムスリム人と記載）、クロアチア人と、連邦残留を主張するセルビア人は激しく争い、殺しあう「民族浄化」に発展した。

サラエヴォをこよなく愛し、ジャーナリストをしていたヘモンは、街が戦火に飲みこまれていく様子をインサイダーの目から克明に描きだしている。それだけでなく、スレブレニツァ虐殺を引きおこし、のちに戦争犯罪人として裁かれることになるセルビア系指導者ラドヴァン・カラジッチのような人物にも焦点があてられる（「あり得ざることあるならばあれ」）。ユーゴスラヴィア内戦は湾岸戦争とならんで私の世代の人間が、はじめてリアルタイムで「目撃」した戦争だった。九〇年代には、サラエヴォ包囲についても『ウェルカム・トゥ・サラエボ』や『パーフェクト・サークル』のような映画を観た方もいただろう。しかし紛争から二〇年が経過して、記憶が薄れつつあることもたしかで、そのなかで本書の内容は「証言」としても貴重なものだろう。

偶然により包囲をまぬがれたヘモンだが、紛争の結果、すべてが以前／以後で区切られ、過去の見え方までもが一変してしまった。また現実の見え方だけでなく、文学の読み方までも一変せざるをえなかった。内戦前、大学で文学の読み方を教えてくれた先生が、セルビア民族主義者として戦争犯罪に加担していたと知ったからだ（「私の人生の本」）。さらに自分の庭のように慣れ親しんだ街がセルビア人勢力によって包囲され、日々破壊されていく様子を海のむこうからテレビニュースで見なければならなかった（「フラヌールの生活」）。こうした痛手から立ち直るためには、新しい街、新しい言語で自分の物語を再生する必要があったのだろう。しかしその一方で、戦争によって人生を損なわれてしまったという怒りは、その後も長くヘモンを苦しめたことも示唆されている（これは著者の最初の結婚の破綻の一因にもなっていることが匂わされているのだが）。

ヘモンの小説はときに実験的で、視点の移動や語りの脱線、断片的な記述などのような（「ポストモダン」的な）しかけも織りこまれ、難解な側面も見せるが、エッセイ集となる本作は（少なくとも表面上は）そのようなこともない。各章の内容はそれぞれ独立してはいるが、収録にあたっておおむね時代順にならべられている。読者は一貫して「私」の視点からヘモンの半生を読むことができるだろう。本書が広く読まれ、評価されているのには、そのような理由もあるだろう。

先にも述べたように、作者の人生のディテールはさまざまなかたちで創作につかわれているため、いままでのヘモンの作品の愛読者なら「元ネタ」がわかってニヤリとするような箇所も多い。ひとつだけあげておくなら、本書の「カウダース事件」は、第一作品集 *The Question of Bruno*（二〇〇〇）に収録されている短編 "The Life and Work of Alphonse Kauders" の成立事情を語ったものになっている。

4

ヘモンと言えば、日本では翻訳家の岩本正恵さんの訳業で読書人にはよく知られている。私自身、

『ノーホエア・マン』は岩本さんの翻訳で読み、強い衝撃を受けた（むしろ影響をうけた）ことをよく覚えている。しかし残念ながら、二〇一四年末に岩本さんが亡くなられて以降、ヘモンがまとまったかたちで紹介されることはなくなっていた。今回、（自分の中でも愛着深かった）その組み合わせを壊してしまうことに逡巡がなかったわけではないが、紹介が途絶えてしまうよりはと思い、翻訳の筆をとったという次第である。ご理解いただきたい。といっても、実はヘモンは雑誌やアンソロジーでは、さまざまな訳者の手でこれまでも紹介されてきた。以下に既訳のリストをあげておく（うち正来紀子訳「島々」と柴田元幸訳「島」は同じ短編）。

A・ヘモン「島々」正来紀子訳、エィミ・タン、カタリナ・ケニソン編『アメリカ短編小説傑作選　2001』愛甲悦子ほか訳、DHC、二〇〇一年。

アレクサンダル・ヘモン『ノーホエア・マン』岩本正恵訳、白水社、二〇〇四年。

アレクサンダル・ヘモン「フランス」岩本正恵訳、マット・ウェイランド、ショーン・ウィルシー編『世界の作家32人によるワールドカップ教室』越川芳明・柳下毅一郎監訳、白水社、二〇〇六年。

アレクサンダル・ヘモン「島」柴田元幸訳、柴田元幸編『昨日のように遠い日　少女少年小説選』文藝春秋、二〇〇九年。

アレクサンダル・ヘモン「アコーディオン」柴田元幸訳『モンキービジネス』四号、二〇〇九年。

アレクサンダー・ヘモン「サラエボ　大衆食堂で味わう庶民の誇り」『ニューズウィーク』（訳者不明）二六巻三一号、二〇一一年八月一〇日。

アレクサンダル・ヘモン『愛と障害』岩本正恵訳、白水社、二〇一三年。

アレクサンダル・ヘモン「神の運命」ヴィエト・タン・ウェン編『ザ・ディスプレイスト――難民作家18人の自分と家族の物語』山田文訳、ポプラ社、二〇一九年。

本書の出版を機に、過去の邦訳を手にとってもらえたり、また新たな作品が訳されるきっかけになれば訳者としてはそれ以上のことはない。

本書の翻訳にあたって、作中の旧ユーゴスラヴィア現地語については奥彩子さん、「アクアリウム」

の医療用語については乾健彦さんにお知恵を借りた。記して感謝したい。

本書の編集・刊行は、（いつもながら、複数の出版社に断られたあとで）松籟社、木村浩之さんに引き受けてもらえることになった。松籟社・木村さんとは、シギズムンド・クルジジャノフスキイ『未来の回想』で、訳者初めての単独訳を刊行した際にご一緒して以来の仕事になった。木村さんは（十年前と同じように）丁寧に訳文に目を通してくださり、訳を大幅に改善することができた。記してお礼を申しあげる。

アイロニカルなウィットに富み、練りあげられたヘモンの散文を翻訳するのは、私にとって心躍る体験だった。知的な労働意欲は満たされ、充足感を味わうことができる（ただ、「アクアリウム」だけは訳していてどうにもつらくて困ってしまったが）。ノンフィクションでありながら想像力にあふれた本書が（さいわいにして「東欧の想像力エクストラ」のシリーズの一冊目になる）、日本でひとりでも多くの読者に親しまれることを願っている。

二〇二一年五月　訳者

［訳者］

秋草　俊一郎（あきくさ・しゅんいちろう）

東京大学大学院人文社会系研究科修了。博士（文学）。

現在、日本大学大学院総合社会情報研究科准教授。専門は比較文学、翻訳研究など。

著書に、『「世界文学」はつくられる　1827-2020』（東京大学出版会）、『アメリカのナボコフ——塗りかえられた自画像』（慶應義塾大学出版会）など。訳書に、クルジジャノフスキイ『未来の回想』（松籟社）、バーキン『出身国』（群像社）、ナボコフ『ナボコフの塊——エッセイ集 1921-1975』（編訳、作品社）、モレッティ『遠読——〈世界文学〉への挑戦』（共訳、みすず書房）、アプター『翻訳地帯——新しい人文学の批評パラダイムにむけて』（共訳、慶應義塾大学出版会）などがある。

〈東欧の想像力エクストラ 1〉

私の人生の本

2021 年 9 月 10 日　初版発行　　　定価はカバーに表示しています

著　者　アレクサンダル・ヘモン
訳　者　秋草　俊一郎

発行者　相坂　一

発行所　松籟社（しょうらいしゃ）
〒 612-0801　京都市伏見区深草正覚町 1-34
電話　075-531-2878　　振替　01040-3-13030
url　http://www.shoraisha.com/

印刷・製本　モリモト印刷株式会社
装丁　安藤紫野（こゆるぎデザイン）

Printed in Japan

 ISBN978-4-87984-409-5　C0398